KB147176

길 위의 편지

길 위의 편지

김은숙 수필집

푸른사상

■책머리에

길 위의 편지

수필집 『그 여자의 이미지』를 내고 10년이 훌쩍 지났습니다. 나는 수필농장의 게으르고 무책임한 농부였음을 자인합니다.

그 동안 내가 한 일이란, 바람 부는 날은 바람이 분다고, 비가 오는 날은 비가 온다고 날마다 그럴듯한 구실을 만들어 오늘은 이 강변 내일은 저 들녘을 찾아 별꽃 같은 그리움을 헤아리다 돌아오는 일이 전부였습니다.

열심히 일해서 향기 나는 과일과 곡식을 곳간에 그득히 쌓듯이 글도 그렇게 쓰고 싶은 마음이 간절했습니다. 그러한 내 마음속에 비바람은 시도 때도 없이 찾아와서 따스한 햇볕 더듬다보면 어느새 하루가 지나버리곤 하였습니다. 그 동안 내가 유일하게 기대왔던 문학적 자긍심이 더 이상 유효하지 않은 것 같은 세상에 절망하기도 했습니다.

그러나 골방 구석구석에 던져진 나의 수필들은 세월이 흘러도 지워지지 않은 채 이따금 애련한 눈빛으로 나를 물끄러미 바라보는 것이었습니다.

화려한 문학의 잔치마당에서 흥겨울 때나 노을 비낀 강둑을 홀로 거닐 때 그들의 눈빛 떠올리며 나는 남몰래 눈물을 훔치곤 했습니다. 때론 골절된 팔로라도 진심을 다해 써야 했던 아픈 추억들이 옛날의 먼 고향집 호롱불처럼 나를 향해 깜빡이는 것이었습니다. 때문에 나는 마음을 바꾸었습니다. 곰팡이 털어내고 훼손된 곳을 보완하여 세상에 내어놓기로.

추리고 추리며 메시지가 있는 수필을 고르려고 노력했습니다. 초라하든지 화려하든지 누군가와 함께 가면 외롭지 않으리라 믿습니다.

이 글들이 문학 동네의 번화가를 걸어가리라고는 기대하지 않습니다. 그냥 호젓한 바람의 길이나 풀잎 무성한 강 언덕을 구름처럼 지나가는 길손의 몫이면 족하겠습니다. 어여쁘게 반기는 들꽃이며 싱그러운 풀잎같은 이웃들 만나면 기쁠 것입니다.

차 례

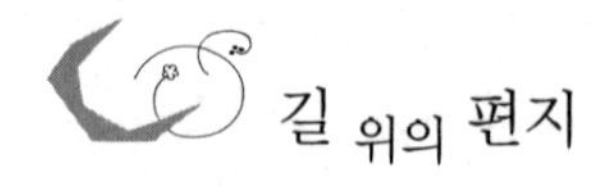

제2부 어디로 갔을까, 하얀 새

차 례

제3부 집으로 가는 길

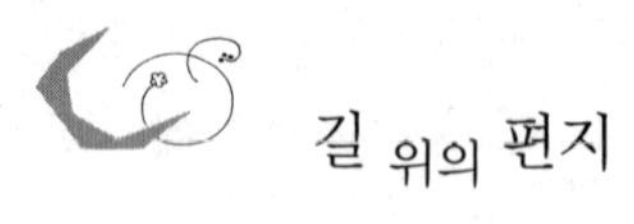

제4부 감이 익는 풍경

제1부

길이 있는 풍경

그로부터 항구는 내게 언제나 그리움입니다.
화장기 없는 얼굴로 느긋하게 서성거려도 좋을 고향인 것입니다.
눈을 감고 들어보면 그날의 뱃고동 소리가 들려올 듯도 합니다.
참으로 먼 세월의 바다를 노 저어 온 나. 언제나 멋진 항해를 꿈꾸었으나
번번이 항로를 이탈하고 말았던 서툴디 서툰 항해사였음을 깨닫습니다.

그곳은 항구입니다

목포에 갔습니다.

푸른 하늘이 그리울 때마다 막연히 가고 싶던 곳. 가요 '목포의 눈물'로 대변되는 정이 많고 한이 많을 것 같은 항구. 해방 후 군사정권을 거쳐오는 동안 개발에서 철저히 소외당해왔다는 수난의 도시.

유달산을 두어 바퀴 돌고 비린내나는 선창가를 배회합니다. 그러다가 바다가 한 눈에 내려다보이는 매운탕 집 이층에 잠시 닻을 내립니다. 창문을 반쯤 열고 수많은 어선들의 낮잠을 엿봅니다. 갖가지 깃발을 내어 건 채 정박되어 있는 어선들입니다.

저 배들은 얼마 전까지 찌는 듯한 태양 아래서 혹은 칠흙같이 어두운 바다에서 땀 흘리고 헐떡이며 일했을 것입니다. 모든 것을 단숨에 삼켜버릴 듯한 폭풍우와도 사투를 벌이며 여기까지 왔을 것입니다. 갖가지 빛깔의 낡고 찢어진 깃발들은 폭풍우가 다가오고 있다는 소식을 알고 있기라도 한 듯이 휘날리고 있었습니다. 참으로 처절한 몸부림이었습니다. 그 와중에도, 어디선가 유행가 가락이 금방 흘러나올 것 같았습니다.

어릴 적 작은아버지와 함께 배를 타고 여수에서 부산까지 간 적이 있었습니다. 밤 배를 탄 것이었습니다. 배는 캄캄한 바다 위를 끊임없이 달렸고 나는 잠 속으로 미끄러져 들지 않으려고 안간힘을 쓰며 가물가물하게 먼 항구의 불빛을 헤아렸습니다. 배가 이름 모를 항구에 닿을 때 구슬프게 들려오는 유행가 가락이 무척 슬펐습니다. 내가 탄 여객선이 통영이었던가 장승포항이었던가를 뱃고동 소리 남기며 떠날 때, 나는 산전수전 다 겪은 여인처럼 흐느끼면서 울었고, 주위에 앉아 있던 어른들이 그런 나를 보고 웃었습니다. 어린놈이 무얼 안다고 그렇게 서럽게 우느냐고. 작은아버지나 그 어른들은 몰랐을 것입니다. 열세 살의 어린 계집애에게도 때론 어른 못지 않은 정서와 까닭 모를 슬픔이 있다는 것을.

그로부터 항구는 내게 언제나 그리움입니다. 화장기 없는 얼굴로 느긋하게 서성거려도 좋을 고향인 것입니다. 눈을 감고 들어보면 그날의 뱃고동 소리가 들려올 듯도 합니다. 참으로 먼 세월의 바다를 노 저어 온 나. 언제나 멋진 항해를 꿈꾸었으나 번번이 항로를 이탈하고 말았던 서툴디 서툰 항해사였음을 깨닫습니다.

남농 기념관에 들러 거기 정갈하게 고여 있던 세월의 냄새를 음미합니다. 그리고 마른 꽃잎에 남은 빛깔처럼 어렴풋한 세월의 빛깔을 감상합니다. 화폭에 담긴 그림들이 내게 말을 합니다. 세상은 풍류같은 거라고. 자연과 더불어 바람같이 구름같이 가볍게 살아가라고.

대를 이어가며 이 나라의 화단에 큰 족적을 남긴 예술가의 가문. 그 영광에 경의를 표합니다. 기념관 창문을 통해 내다본 바다. 그 또한 어느 위대한 예술가가 손수 그려놓은 한 폭의 그림이었습니다.

예술에 대한 자랑과 긍지.

진득한 인정과 해학적인 말투.

말없이 돌아서서 옷고름에 눈물 적시는 새악시의 이별같이 순진하고 풋풋한 그리움이 영원할 것 같은 도시의 그 바다가 그립습니다.

그 찬란한 봄 길 가면

그날은 햇볕이 따스했으면 좋겠다.

유난히 찬란한 태양이 남도의 가로수 위에서 빛나고 있다면……. 그래서 보이는 사람마저도 모두 한 송이 모란꽃 같았으면 좋겠다. 그리도 원하였으나 아직 한 번도 가지 못한 곳. 그 꽃이 피고 지는 것을 본 적이 없으므로 아직은 영랑의 것일 뿐 내 것이 아닌 모란.

그러나 오늘은 내가 가리니.

수심의 어둔 골짜기에서 헤매는 동안 무저갱 속 같이 어두워지곤 하던 마음에 햇빛 안으러 길을 떠나니……. 그곳에 가서 따스한 사랑의 몸짓 하나 익혀 올 수 있다면 참 좋겠다.

그날은 비가 왔으면 좋겠다.

안개 같이 이슬 같이 연한 비가 아주 조금만 내렸으면 좋겠다. 노랗게 웃는 민들레와 앙증맞은 제비꽃, 물방울이 구르는 풀잎을 헤치며 들길을 지나고 동구 밖을 돌아 눈빛이 순한 사람들의 사는 모습을 기웃거리며 가야지. 푸석푸석 먼지 날리는 내 마음에도 풀꽃 하나 싹 틀지 모르겠다.

내가 울 때 같이 울어주고 웃을 때 함께 웃어 줄 선량한 벗 한 사람 만나면 좋겠다. 웬만한 허물 같은 것을 몇 번이라도 덮어주고 용서할 수 있는 그런 사람.

수시로 눈물 고이듯 골짜기마다 그렁그렁 고여있는 안개 비. 놀랄만한 전설이라도 감추고 있는 듯한 산 허리를 한사코 휘감아돈 채 흩어질 줄 모르는 안개 구름.

그날은 바람이 일었으면 좋겠다.

사납지않은 바람이 머리카락만 날리도록 순하게 불면 좋겠다. 조금은 들떠서 아이처럼 깡총거리다보면 조붓한 산길 어디쯤에서 까투리도 푸드득 날아오를게다. 살아있는 것들 모두 제 나름의 꽃을 피우고 그 향기로 우리를 어지럽게 하는 오월.

영랑의 집에 바람이 일면 대숲이 깨어나 수런거릴게다. 이 세상의 그 어떤 꽃보다 아름답게 지는 영랑의 모란이라고. 건너편

잡목 숲에서도 두런두런 조문하는 소리. 꿀벌이 잉잉대며 축제처럼 이별을 노래하고 언덕위로 찔레꽃이 구름처럼 피어나는 곳.

바람이 불면 부는 대로 비가 오면 오는 대로 햇빛 또한 빛나는 대로 찬란할 영랑의 봄. 그 봄길로 하얀 손수건을 들고 가야겠다.

배를 타고 하카다를 향할 때

밤배를 타고 현해탄을 건너갑니다.

우리는 조금 전 뱃고동 소리 구슬프게 남기며 부산항을 떠났습니다. 그 소리를 들은 사람들은 일본으로 가는 밤배가 방금 떠났다는 걸 알 테지요.

터미널에서 북적거리던 여행객들을 한 사람도 남김없이 꾸역꾸역 삼킨 여객선 카멜리온은 캄캄해지기 시작한 바다 위를 쉼없이 쿵쿵거리며 달리고 있습니다. 소문으로만 듣고 교과서에서만 배웠어도 틀림없이 동쪽 그곳에 있으리라고 믿고 있는 일본의 하카다를 향해 우리가 갑니다.

섬 하나 보이지 않는 태평양 한 자락을 더듬어갑니다. 천 년 전에도 이천 년 전에도 변함 없이 굽이치고 있었을 바다. 아득한 시원의 날로부터 거기 늘 있었을 바다.

푸르고 평화롭게 넘실대다가도 때로는 헤밍웨이의 바다처럼 잔인해지기도 하던, 그래서 어부가 만난 사투의 그것이거나, 로빈슨 크루소가 만난 심술 궂은 난파를 항상 보듬고 다니던 거친 방랑자 같은 바다. 그러나 빛나는 태양 아래 보랏빛 갈매기를 키우기도 하는* 향기로운 섬들의 바다이기도 합니다.

갑판에 자리 잡고 앉아 비릿한 바다내음을 한껏 들이마십니다.

쏟아져 내릴 듯한 별들의 영롱한 빛이 손에 잡힐 듯 가깝게 내려옵니다. 슬픔의 바다이거나 기쁨의 바다이거나 늘 아름답게 떠 있다가 아름답게 스러지곤 하던 밤하늘의 물기 젖은 눈망울들. 그 빛 있어, 아침마다 새로워진 그리움들이 사람들의 가슴속에 샘물처럼 다시 채워지곤 하는지도 모를 일입니다.

먼 바다에도 별들이 떴습니다. 고깃배들의 집어등이 별인 듯 싶습니다. 그 불빛 아래서 구슬땀을 흘리고 있을 어부들의 거친 숨소리가 바람을 타고 들려 올 것 같습니다.

거대한 사람이 달을 향해 배를 기울이고 누워 있는 듯한 수평선이 저 멀리 어둠 속으로 희미합니다. 밤이 깊어 갑니다. 약간의 추위와 알 수 없는 외로움이 엄습해 옵니다. 한 여름의 더위가 따라오지 못하는 망망대해 검은 바다가 두렵습니다. 이대로 영영 어둠이 물러가지 않을 것 같은, 그래서 자칫 잘못하면 캄캄한 나락 속으로 떨어질 것 같은 기분이 들기도 합니다. 만일 갑판이나 선상의 칵테일 바에서 들려오는 제각각으로 떠드는 소리와 왁자하게 쏟아져 나오는 웃음소리가 들려오지 않았다면 훨씬 더 긴 시간을 그런 기분에 젖을 뻔했습니다.

몇십 년 전 이곳을 건너던 우리나라 최초의 성악가 윤심덕의 절망을 생각해 봅니다. 가냘프게 떨리는 목소리로 사의 찬미를 세상에 던져두고 홀연히 떠난 여인. 무서운 밤의 아가리, 검푸르게 날름거리는 저 어둠의 혓바닥 위로 몸을 부릴 수밖에 없었던 그 찬란한 슬픔을.

기적소리 남기고 정거장을 떠나는 기차처럼, 뱃고동소리 남기고 항구를 떠나는 배처럼, 우리도 언젠가 이 세상을 떠날 때 저마다 특색 있는 목소리 하나 남겨두고 가겠지요. 즐거운 것이거나 처량한 것이거나 자기만의 음색으로 삶의 흔적 남기고 홀로 가볍게 존재의 끝 저 아득한 곳으로.

몇 시간 후면 가 닿을 미지의 항구. 유쾌한 여행을 즐기되, 모든 것 떨쳐버리고 일상으로 돌아오듯이, 우리의 삶도 되짚어 돌이킬 수 있으면 좋겠습니다. 그래서 후회없는 하루하루를 저 밑둥부터 다시 쌓아올려 보게 말입니다.

* 향기로운 섬 –J. 프레베르의 〈절망이 벤취위에 앉아있다〉에서 따온 글

미루나무가 있는 풍경

무더운 여름날엔 기차를 탈 일이다. 몇 시간 걸려야 당도 할 수 있는 어느 낯선 도시. 그곳에서 누군가가 기다리기라도 하는 것처럼 모든 일 밀쳐 두고 떠나야 한다.

무궁화호를 붙잡아 세우지 못하는 작은 간이역은 아쉽지만 그냥 스쳐 지나가기로 하자. 칡넝쿨이 무성한 산들이 뒤로만 스쳐간다. 숨이 막히도록 진한 푸르름이어서 할 수만 있다면 열무를 뽑아내듯 적당히 솎아내고 싶은 여름이 차창 너머에서 넘실댄다.

아, 저 미루나무! 저 혼자 높이 세운 소망. 꿈 같이 그리움 같이 먼 곳을 향한 발돋움. 다 쓰러져 가는 오두막집을 향해 가느다란 논둑길이 열려 있고 어머니의 깃발처럼 미루나무가 서 있다.

초가 지붕 위에 걸쳐 있는 것은 밥 짓는 연기이거나 한 조각 구름 일는지. 그것은 아마 떠나는 사람이 남겨 두고 간 그리움일는지도 모른다.

흘러가는 것은 언제나 아쉽고 그리운 것이다. 삶의 궤적만 남겨 둔 채 모두 떠난 뒤 떠나지 못한 사람이 할 수 있는 일이란 한 그루의 미루나무를 잘 가꾸는 일. 뭉게구름이 하얗게 걸리곤 하도록 높이 더 높이 미루나무를 키울 일이다. 어느 날 나처럼 기차를 타고 지나가는 나그네가 멀리 바라보며 눈물 글썽이도록 그리운 깃발 하나 매달아 놓게 할 일이다.

집을 떠날 때

날이 밝아 온다. 이제 곧 건너편 농업고등학교의 숲 속에선 새들이 따가운 목소리로 새벽을 쪼아대듯 노래할 게다. 서둘러 밥상을 차릴 시간. 오늘은 겨울방학을 끝낸 아들아이가 출국을 하는 날이다. 오후 4시 비행기라고 하니까 아직은 느긋한 셈이다.

나는 그 애를 미리 깨워 어젯밤 못다한 당부의 말을 할 요량으로 방문 앞으로 갔다. 머리가 굵어진 뒤로는 무턱대고 문을 열기가 미안했으므로 아주 부드럽게 노크를 할 생각이었다. 그러나 방문은 이미 열려 있었다. 아무 곳에도 그 애의 흔적은 없었다. 문 앞에 두었던 바퀴 달린 여행 가방과 함께 없어진 게 분명했다.

이럴 수가! 말도 없이 떠났구나. 어제까지도, 엄마가 항상 보고 싶었다며 그리도 살갑게 굴던 아들이, 날이 새기도 전에 반항아가 말없이 가출이라도 하듯, 집을 떠나버리고 만 것이었다.

대여섯 시간이나 일찍 공항에 도착해서 무엇을 하며 기다리려고 가족들에게 인사도 없이 떠난 것일까. 허전한 마음과 서운함이 겹쳐 눈물이 핑 돌았다.

그 애는 이따금 내가 잘해 주려고 하는 것을 거북스러워하는 기색을 역력히 보였었다. "엄마! 나는 다 컸어요. 내가 무슨 어린애인줄 아세요?" 평소에 잘 쓰지 않던 존댓말까지 써 가며 야무지게 항변을 하곤 했다. 그럴 때마다 나는 뜨끔한 마음으로 나의 언행을 되짚어보곤 했다.

그랬을는지도 모르겠다. 사경을 헤매며 건너온 그 애의 슬픈 십대를 생각해서 항상 안쓰러워하고 배려하려던 것이 지나쳤을지도 모른다. 20대 중반이면 어엿한 청년인데 말이다.

이제는 그 애를 보려면 여름방학이라야 가능할 것이다. 따끈한 된장찌개와 나물 무침을 곁들인 굴비구이로 식탁을 차려 주고 싶었는데. 그리고 공항버스를 타는 그 애에게 다가가서 "그곳에 가서 좋은 친구 많이 사귀고 즐겁게 공부 잘 해." 하고 이르고 싶었는데. 외롭거나 괴로운 일 있을 때는 조국의 옛 동네를 기억하라고. 저물녘 집집마다 하나둘씩 다투어 켜지던 불빛을 생각하며 사랑의 울타리를 떠 올려 보라고 당부하고 싶었는데.

핸드폰도 국내의 것은 이미 해지한 상태라 전화가 될 리 없었다.

멍한 가슴으로 하릴없이 앉아서 새들이 지저귀는 소리를 듣고 있었다. 새끼들과 즐거운 담화 시간을 갖고 있는지 화답하는 소리들로 시끌벅적 했다. 건너편의 동중학교에서 애국가가 울려 퍼진다. 아들아이가 졸업했던 학교다. 운동장에 줄지어 서서 애국가를 부르는 아이들 속에서 그 애가 나를 향해 손을 흔들어 주는 것만 같다.

그때 전화벨 소리가 집안의 정적을 깨뜨렸다. 수화기를 들자마자 잔뜩 톤을 높인 아들의 목소리가 울려왔다.

"엄마! 나 여기 공항이야. 놀랬지요? 친구를 만나기로 해서 일찍 나왔어요. 식구들 깨우지 않으려고 살짝 나왔었는데 놀라셨죠. 엄마 팔도 다쳐서 불편하잖아요?"

이런, 철없는 자식 같으니라고. 이렇게 엄마 마음을 몰라주다니. 나는 겉으로는 나무라면서도 비로소 어떤 기쁨이 온몸으로 퍼져 나감을 느꼈다. 내내 어두웠던 기분이 환하게 밝아졌다.

그랬었구나. 친구를 만나기 위한 것. 그런 이유라면 반가운 일이고 백 번 이해하고도 남을 일이었다. 이왕이면 그 친구가 평범한 남자 친구가 아니고 착하고 야무진 여자 친구였으면 더 좋겠다 싶다.

"엄마! 아무 걱정하지 마요. 그곳에 가면 친구들도 많아서 나는 조금도 외롭지 않으니까. 엄마 팔 빨리 낫도록 기도할게요."

나는 눈을 들어 아이가 날아갈 하늘 길을 바라다보았다. 그리고 혼잣소리로 중얼거렸다. '그렇더라도 아들아! 이 다음에 또 새벽같이 집을 떠날 일이 있으면 따끈한 국물에 밥 한 그릇 꼭 먹고 떠나렴. 설사 몸이 좀 불편하다고 한들, 멀리 떠날 너에게 새벽 밥 한 그릇 못해 주겠니?' 라고.

겨울 끝자락답지 않게 하늘이 푸르고 푸른 한나절이었다.

잠과 꿈

우리는 꿈의 재료이며
우리의 짧은 인생은 잠으로 둘러 싸여 있다.
— W. 셰익스피어

우리의 삶은 한낱 꿈에 지나지 않는 것.
아침에 보이다 사라지는 안개와 같은 것.

우리 모두 언젠가는 이 땅에 살아 있던 모습들 누군가의 꿈속에 남겨 두고 죽음이라는 쓴 잔을 들어야만 한다는 걸 안다. 그 삶 너무 허망하지 않도록 자비로운 신은 잠이라는 선물을 우리에게 퍼부어 주시곤 한다. 잠처럼 편안하게 꿈처럼 가볍게 여기며 이 세상을 살다 가라는 뜻일 게다.

버스를 타고 아소산을 오른다. 여행 사흘째 되는 날이다. 짙게 드리우고 있는 안개 때문이기라도 한 것처럼 자꾸만 눈꺼풀이 무겁게 내려앉는다. 끝도 없이 파란 초원을 눈에 담아야 하는데 어느새 의식은 꿈속을 헤맨다. 안개 속에서 잠간씩만 그 모습을 드러내는 정갈한 이국의 산이 꿈속에서 보이는 환상인 듯하다.

최근까지 화산이 폭발했던 아소산은 세계 최대의 칼데라로 이루어진 화산이다. 아소산의 폭발은 3천만 년 전부터 계속되고 있으며, 현재의 모습은 10만 년 전에 있었던 대 폭발로 만들어진 것이라 한다.

현재도 용암을 내뿜고 있는 분화구 나카다케를 직접 눈으로 보고, 살아 있는 화산의 신비를 확인하고 싶은 것이 아소산을 오르는 주요 목적이었다. 용암이 뿜어져 나오는 화산을 직접 보게 된다는 것이야말로 마음 설레는 일이 아닐 수 없어서 기대가 컸다. 그런데 이 바위덩어리에라도 눌린 것처럼 몸을 짓누르는 무거운 잠은 도대체 왠 조화속일까.

비가 내렸다. 아침부터 심상찮게 내려앉은 하늘을 올려다보며 걱정들을 하였다. 이런 날씨라면 화산을 육안으로 보기가 어려울 것이라고. 그러나 어쩌면 우리가 그 산을 다 오를 때쯤엔 거짓말 같이 비가 개일 거라고 나름으로 낙관적인 기대도 했었는데 희망은 허무하게 무너진 셈이다.

아소산 분화구에 다다를 때쯤엔 우리를 계속 따라오던 안개비가 아예 세찬 폭우로 바뀐다. 아무리 원한다고 해도 아소산은 마음을 바꿔 한국의 여행자들을 맞이할 생각이 없는 모양이다.

영상실로 들어가 맑은 날 촬영해 두었다는 활화산의 움직이는 모습을 감상하는데 만족하기로 한다. 쉴 새 없이 그르릉대며 용암을 끓이고 있는 분화구의 모습은 장엄함의 극치였다.

10만 년 전에 있었다는 화산의 대 폭발은 너무나 먼 옛날 이야기여서 위험하다는 실감이 전혀 들지 않았다. 그러나 그의 심기가 뒤집혀 천지가 요동칠 날이 바로 오늘이 될 수도 있다는 사실을 아주 배제할 수도 없는 것이 아닌가.

여행의 오후 시간은 더 나른하다. 뱃부로 향하는 서너 시간의 버스 이동시간에도 잠은 떠날 줄을 몰랐다. 해가 기울고 있다. 뱃부 시가지가 내려다보이는 산마루에서 우리는 잠시 숨을 고른다.

수없이 많은 업소에서 뿜어져 나오는 온천의 하얀 김이 하늘로 꾸물꾸물 기어오르고 있다. 마치 밥 짓는 연기로 자욱하던 우리의 옛 동네를 보는 듯하다. 서편 하늘에 노을이 깔리고 그지없이 아름다운 이국의 도시가 저물어 가고 있다.

날이 어두워지는 걸 보고서야 드디어 잠에서 벗어난다.

오늘 하루도 나는 아름다운 꿈을 꾸었나보다. 현실처럼 생생하게 이국의 산을 보았고 화산의 분화구를 만났으며 안개 드리워진 들녘을 지나 왔다. 맑은 정신으로 바라보니 모든 경치가 꿈의 영광과 신선함으로 가득 차 있다.

신은 지금쯤 아주 흐뭇해하실 것이다. 오늘에 대처한 자신의 연출 기법은 참으로 멋진 것이었다고. 좋은 잠 속에 하루를 푹 담그고 스쳐 지나 온 고운 세상의 단편들이 꿈같다고 여기는 여행자의 낭만에 취한 눈을 보며 그러할 것이다.

이렇게 멀리 떠나 와서야 나는 마음 놓고 화산을 향해 외친다.

잠자는 거인의 입 *나카다케여!

천연의 대 사원 아소산이여!, 수천수만 화석의 고향이여!

깨어나지 말고 아주 잠드시라. 항상 조심조심 올라와 건너다보고 가는 사람들과 살아 있는 모든 것들 그대의 꿈속에 그냥 두고 부디 영면하시기를. 그대의 품속에서 노루와 사슴이 뛰어 놀고 온갖 새들 즐겁게 노래하며 씨앗들은 왕성하게 자라 저리 큰 숲이 되지 않았는가. 소리 없이 그대로 산등성이로 남으라.

그리하면 먼 훗날, 싸늘하게 식은 그대의 봉우리를 넘어가며 사람들은 말하리라. 우리들 꿈의 재료이던 거인 여기 이렇게 잠들었노라고.

* 나카다케- 일본 아소산에 있는 활화산 분화구의 이름

그녀에 관한 명상

서울 양재동 시민의 숲에는 나그네 새가 산다. 그러나 심증만 갈 뿐 모습은 보지 못한 새, 한 마리 두 마리 세 마리 아니 수십 수백 마리…….

그곳에서 굳이 새를 볼 수 없어도 좋다. 잠깐 들렀다가 떠나는 놈이거나 아주 둥지 틀고 사는 놈 구분 없이 내가 관심을 갖는 것은 그 존재했었다는 흔적일 뿐 파닥이는 날개짓이 아님이다.

그 숲에는 새가 된 수필가 K씨가 남모르게 이따금 들렀다 갈 거라고 믿는다. 내 마음이 아주 쓸쓸하고 슬펐던 어느 가을날, 달리는 차창에 기대앉아 그곳을 지나게 되었다. 나는 그녀를 떠올리며 살아가는 사람에게 하듯 중얼거렸다.

"K언니! 나그네처럼 나 오늘 이곳을 지나갑니다. 작년 봄 이 숲을 거닐며 즐겁기만 했던 우리들 우정의 끈으로 부탁합니다. 제 마음을 치료해 주세요."

마른 나뭇잎에 아직도 남아있는 붉고 노랗고 파란 빛깔의 흔적들이 그 숲을 한 폭의 동양화이게 하였다. 한 마리 새가 재잘거리면서 날아올랐다. 저것은 나그네 새다. 나는 무작정 그렇게 단정지었다. 저기 오른편에 유난히 날갯짓이 아름다운 새는 K씨일는지도 모른다. 나는 동화를 쓰듯이 그렇게 짜맞추었다. 여행중에는 자연 현상 앞에서 한없이 겸허해지곤 한다. 그래서 앞에 펼쳐진 숲을 가꾸는 신에게 머리를 들고 빌었다.

"제 눈물이 멈춰지게 해 주십시오."

그녀를 처음 만난 것은 어느 수필동인 모임에서다. 사람들은 촌스럽다는 말을 자주 쓰곤 하는데, 그 말을 빌어서 표현하자면 그녀는 눈이 부시게 도시스러웠다. 촌스럽다고 스스로를 평가하고 있는 나와는 정반대가 되는 여인이었다.

피부가 하얗고 키가 커서 그런지, 보랏빛 플레어 치마와 실크 스카프가 썩 잘 어울리던 여인. 주변의 무리들 속에서 가장 먼저 눈에 띄던 여인. 세련되고 지적인 서울 말투에 거만함마저 풍겨나던 그녀였다. 아무리 생각해도 캄캄한 저편 먼 세상으로 그렇게 일찍 떠날 사람 같지가 않았다.

모임이 끝나면 몇 사람이 어울려 찻집에 들르곤 했다. 더러 순두부를 먹으러 가기도 했는데 매번 빠져나오는 나를 불러 세운 건 그녀였다. "은숙씨! 뭐가 그렇게 바빠? 나 은숙씨하고 차 마시고 싶어." 그래서 나는 그녀 때문에 오래된 지기처럼 그들의 일원이 되곤 했다.

그녀는 수필가 협회 세마나나 다른 어떤 모임에서 나를 만나면 진심으로 반가워했다. 내 글에 대해서 이야기하고 항상 나보다 먼저 관심을 보여주었다. 그녀는 선입견과는 판이하게 아주 겸손했다.

오월 어느날 우리는 시민의 숲을 찾았다. L씨 따님의 결혼식에 참석했던 회원 몇 사람이 분위기 좋은 찻집에 들렀었는데 누군가가 시민의 숲에 오동나무꽃이 피었을 거라고 했기 때문이다. 회장격인 K씨는 앞장을 서며 "모처럼 은숙씨도 오고 했으니까 거기 가서 놀자." 하고 말했다. 전주 삼천동 야산에 피어있던 오동나무꽃을 그곳에서도 볼 수 있다니 기대가 컸다. 그런데 숲 속을 다 뒤져도 어찌된 일인지 보랏빛 꽃은 보이지 않았다.

보랏빛 실크 스카프를 바람에 날리며 앞서가는 K씨가 오히려 오동나무꽃인 듯하였다. '난 나중에 죽어서 새가 되고 싶어.' 아마 그녀의 말이었을 것이다. (그런 까닭이다. 내가 이 숲을 지날 때마다 그녀를 새라고 생각하는 것은.) 언제부턴가 그녀가 보이지 않았다. 우리가 서로 처해 있는 생활터전이 다르긴 다르던지 그녀에 대한 기별은 통 들을 수가 없었다. 다만 그녀의 절망적이던 투병 생활을 세상을 떠났다는 소식과 함께 전해들었을 뿐이다.

그녀는 수필을 많이 쓰는 편이 아니었다. 그림이라든지 무용이라든지 다방면에 해박한 지식을 가지고 있어서 어쩌다 띄엄띄엄 발표하는 수필은 제목부터 그녀의 외모만큼이나 멋이 넘쳐 흘렀다. '춤의 정취' '그림 속의 성' '마른 꽃잎에 남은 빛깔' 같은 제목들은 그녀가 이 세상에 남기고 간 화두들이다.

오늘도 나는 그 숲에 가고 싶다. 그리고 새가 된 그녀를 만나고 싶다.

길이 있는 풍경

창가에서 바라보면 철길 건너에 낮게 엎드린 동네가 있습니다. 그 작은 마을은 언제나 조용하고 움직임이 전혀 없는 듯합니다. 멀어서 세세한 움직임이 내 눈에 감지되지 않은 탓일 듯도 합니다. 그곳에서 뻗어나간 여러 갈래의 눈 덮인 길로 이따금 자동차가 흘러가고 또 흘러 올 뿐입니다.

그 길들이 각자 어느 곳을 향하여 가는지는 알 수 없으나 그중의 하나 강으로 가는 길을 나는 잘 압니다. 잡풀이 우거져 강이랄 것도 없는 만경강 상류 어디쯤에서 꼬불거리며 돌아 나와 강 언덕에 내려앉은 새들을 거느리고 느릿느릿 흘러가는 구름들의 길 말입니다.

나 일찍이 길이란 길은 모두 걸어보고 싶던 적이 있습니다. 어릴 때 마을 뒷산으로 풀어져 올라가는 오솔길을 따라 구름이 언제나 허리를 감고 있던 산꼭대기에 올라가 보고 싶었지요. 그곳엔 돌로 쌓은 제단이 있고 옛사람들이 하늘에 제사를 드린 흔적이 있으며 멀리 수평선이 보인다는 곳입니다.

그것은 처음으로 가져보는 갈망이었습니다. 그러나 애타게 원하는 것들이라고 해서 다 얻을 수는 없다는 사실을 이제는 깨닫고 있습니다. 그 산꼭대기에 오를 만한 나이가 되기도 전에 나는 그곳을 떠났습니다. 그 산이 나를 받아주지 않았던지 내가 그 산에 대한 관심을 꺼 버렸던 것인지 둘 중에 하나가 그 이유일 겁니다.

지금 그 산도 하얗게 눈을 이고 있는지 궁금합니다. 눈이 유난히 많은 겨울입니다. 모든 길은 하얗게 덮여 있습니다. 시간이 흐를수록 세상은 부산하여지고 집 앞 아스팔트길에 쌓인 눈을 자동차들이 지우며 달립니다. 하얀 도화지에 검정 크레용으로 북북 줄을 그으며 낙서를 하듯이 눈부시게 하얀 눈길을 지워버립니다.

그러나 철길 건너 저 한적한 길은 세월이 흘러도 그대로 하얗게 남아 있을 것입니다. 쌓인 눈 때문에 하얀 게 아닙니다. 눈이 다 녹아버려도 그 길은 여전히 하얀 길일 것입니다. 그곳은 아직도 변함없이 누군가의 애틋한 고향일 것이기 때문입니다.

기억 속에 남아 있는 어린 날의 길은 모두가 하얀 길이던 것을 기억합니다. 그리움으로 바라보면 모든 길이 하얗게 빛나는 모양입니다. 바라보는 길마다 하얗게 빛나도록 만들어 주는 햇빛 있어 감사합니다. 그것은 내게 희열이기도 합니다.

나 비록 꿈이 다소 흐트러지고 발길을 잡는 것도 많아서 저 길로 당장 떨치고 나서지는 못하나, 언젠가는 다시 저 길을 향하여 휘적휘적 나설 것입니다.

아주 오래된 나무

천 년 늙은 나무는 그 정精이 청양青羊으로 화하고 만 년이 된 나무는 그 정이 청우牛로 화한다는 옛말이 있다. 천연 기념물로 지정되었다는 천 년 송을 만나러 가는 길은 굽이굽이 가슴이 설레었다.

나무라기보다는 전설 속의 이무기나 뱀 가죽의 문양을 한 엄청난 둘레의 허리통을 만져 볼 수 있으려니 했다. 혹은 기이하게 틀어지고 옹이 박힌, 그래서 선뜻 가까이 가기조차 꺼려지는 나무 같지 않은 나무를 볼 수 있을 거라 여겼다. 어쩌면 껍질 틈새 어디쯤에서 반짝이고 있는 늙은 나무의 깊숙한 눈망울을 확인하게 될지도 몰랐다. 그 눈망울을 들여다보고 있으면 틀림없이 몇

백년, 혹은 천여 년의 세월이 파노라마처럼 스쳐가는 것을 볼 수도 있을 것이다.

얼마 전에 〈반지의 제왕〉이라는 영화를 보았다. 그 영화 속의 아주 오래된 숲 속에는 늙은 나무들이 두 눈을 껌벅이며 말을 하고 걸어 다니기도 했다. 그 뿐이랴. 나무도 마음이 있어 착한 사람을 도와주고 나쁜 사람에겐 응징을 한다는 믿을 수 없는 이야기. 그렇다면 나도 아이들처럼 영화와 현실을 동일시하고 있다는 말인가.

남원 시청을 방문한 자리에서 시장님은 자신 있게 말했다. 남원 산내면 눈골(와운) 마을로 들어가면 충청도의 정이품 소나무는 따라오지도 못할 크고 훌륭한 자태의 소나무 두 그루를 볼 수 있을 거라고. 도대체 그 위용이 얼마나 대단하기에 그러는지를 꼭 확인하고 가야겠다는 생각을 굳히는 데는 그리 많은 시간이 필요하지 않았다.

모 신문사의 취재 차량에 동승한 터라 젊은 기자들의 재치 있는 위트가 싱그러웠다. 그들도 귀한 소나무를 독자들에게 소개하게 되어 마음이 들뜬 모양이었다.

반선 계곡의 우거진 녹음 속, 첩첩 산중의 비탈길은 자동차에 앉아 있어도 숨이 가쁠 만큼 가파르고 구불거렸다. 자동차가 너무 힘들어하는 것 같으니 가방들을 머리에 이고 있자고 썰렁한 제안을 하였더니 모두들 유쾌하게 웃었다. 숲 속의 새들처럼 명랑해져서 저자거리에서는 오래전에 한물 갔을 농담 시리즈를 재미있어들 했다.

함박꽃이라고도 부르는 산목련이 저희들끼리 피어서 반선계곡 일대를 밝히고 있었다. 북한의 국화라고도 들었다. 꽃들은 윤기 나는 이파리 뒤에 희끗희끗 숨어서 소녀들처럼 수줍게 웃는 것이었다. 그 어여쁜 모습들로 인해 관습으로 찌들었던 세상의 무거운 짐이 어깨에서 벗겨지고 아침부터 성가시게 하던 편두통도 사라져 버렸다. 나도 누구에게 저 산목련처럼 티 없이 웃어보일 수만 있다면…….

육이오 전쟁 때는 낮엔 태극기 밤엔 인공기가 걸리곤 하던 지리산 계곡 한 자락. 그 때의 총성과 피울음을 아는지 모르는지 계곡물은 맑게 흘러내리고 온갖 새들도 즐겁게 노래 불렀다,

구름이 누워서 간다 해서 이름 붙여진 와운 마을. 그 옛날 화전밭 일구던 산허리에 계단을 쌓아 올리고 층계 층계 집을 지어서 지붕을 맞대고 살아 온 아름다운 마을. 초현대식 숙박업소와 음식점의 외형 때문인지, 이곳이 오지 마을이라는 것이 믿어지지 않을 만큼 산뜻하다. 조선조 후기부터 사람이 살기 시작했다고 전해지는 아주 오랜 마을이다.

그곳에 있었다. 와운 마을을 발 밑에 두고 주위 나무들보다 월등한, 믿어지지 않을 만큼 커다랗고 아름다운 모습의 소나무 두

그루가. 사람들은 해마다 정월 초순이면 그 나무 앞에서 제사를 지낸다고 한다. 마을의 수호신으로 삼아 왔다는 얘기다. 비록 소나무지만 더 아름답고 윤기 흐르는 소나무가 여자나무라는 설명이었다. 마을 사람들이 정식으로 붙인 이름은 할매 나무, 조금 떨어진 곳엔 더 거칠고 겉껍질이 억세 보이는 할배 나무가 할매 나무를 넌지시 건네다 보고 있었다.

산봉우리에다 또 하나의 아름답고 푸른 산을 얹어 놓은 것 같은 와운 마을의 천 년 송. 순한 양 같이 착한 소 같이 무던하게 늙은 자태, 총알 자국도 선명한 아주 오래된 나무 한 쌍. 다른 나무들의 키를 모두 발아래 거느리고 오직 푸르고 청정한 자태로 우뚝 서서 먼 산을 굽어보는 천 년 세월의 산 증인.

나는 껍질의 문양도 선명한 그의 등에 몸을 기대고 그가 속삭이는 말을 마음속으로 들었다. 비가 오는 것이며 바람 부는 것들을 탓하지 말고 즐기면서 견디라고…….

얼핏, 가장 가까운 주변을 잘 살피고 항상 조심하라고 이른 것도 같았다. "뱀이닷!" 파릇한 나이의 청년이 소리 지르며 뛰어 달아났다. 덩달아 놀란 내 눈앞으로 가느다란 뱀이 화살 같이 달아나다 풀숲으로 사라졌다. 저도 목숨을 잃게 될까봐 어지간히 놀랐던 모양이다.

소동도 잠시, 다시 와운 마을은 잠잠해졌다. 어디서 왔는지 구름이 발아래 누웠다. 산허리가 운해에 잠겨 천 년 송이 서 있는 봉우리도 어느새 섬이 되어 버린다.

다시 시작되는 천 년을 정갈한 모습으로 맞게 하기 위함인지, 바람은 나무의 머리를 자꾸 빗어 넘기려 했다. 그러나 바람이 한 번 쓰다듬고 지나갈 때마다 나무는 성긴 머리털을 꼿꼿이 곧추 세울 뿐 미동이 없다. 순한 그의 가지마다 먼 바다 물결 소리만 찾아와서 걸렸다 가곤 하는 것이었다.

어떤 통화

어느 한스러운 어머니의 이야기를 알고 있다. 유럽 여인이다. 물론 널리 알려져 있는 이야기이기도 하다. 그녀에게는 전쟁에 참여한 아들이 있었다. 날마다 수많은 젊은이가 죽어간다는 전쟁터에 아들을 보낸 어머니는 걱정과 불안 때문에 수 많은 밤을 뜬 눈으로 지냈다.

어떤 형태로든 살아서 돌아오기만을 빌고 또 빌었다. 그러던 중 전쟁이 끝났다는 소식을 들었다. 어머니는 기뻤다. 오늘일까 내일일까 하고 아들이 돌아오기만을 손꼽아 기다렸다.

어느 날 그렇게도 기다리던 아들에게서 전화가 왔다. 아들의 음성은 힘이 없었다. 그리고 몹시도 걱정스러워하며 더듬거렸다.

"어머니! 한쪽 팔, 한쪽 다리, 한쪽 눈을 잃은 친구가 있는데요, 그 친구를 집에 데리고 가고싶어요. 평생 그 친구랑 함께 살면 안될까요?"

매우 충격적이고 혼란스럽게 하는 아들의 말이었다. 정신을 가다듬은 어머니는 매정하고 단호하게 말했다.

"아들아, 그것은 절대로 안 된다. 그런 친구는 평생 너를 귀찮게 하고 불행하게 할 텐데 어떻게 그런 짐을 맡으려고 하니?"
라고.

며칠 후 그 어머니는 아들이 투신자살했다는 기막힌 소식을 듣는다. 아들이 말한 친구란 바로 아들 자신이었던 것이다. 평생을 어머니에게 짐만 되고 불행하게 해드릴 것이라는 생각에 스스로 목숨을 끊은 것이다.

설마 아들 자신의 이야기일 것이라고는 꿈에도 생각지 못했던 어머니. 아들이 친구 때문에 힘들지 않기를 원했을 뿐인데 사태는 아주 끔찍한 방향으로 흘러가 버린 것이다. 그렇지만 이 세상의 어떤 어머니라도 그런 경우 그 어머니같은 대답을 할 수밖에 없지 않았을까. 나라도 우선은 그렇게 대답했을 것이다.

그 어머니가 남은 생애동안 안고가야 할 회한과 슬픔이 어떠할 것인지. 몹시도 나를 안타깝게 하는 일화이다.

행여라도 그런 회한 내게 남는다면……. 캄캄한 밤이 주는 특별한 정적 때문인지는 몰라도 별 사위스런 생각을 다 하면서 밤잠 설치고 일어나 앉는다. 내 아들이 저를 모른다고 할까봐 집에 돌아오지도 못하고 황량한 거리를 방황하고 다니거나 바람 따라 떠돌다가 어느 초라한 간이역에 혼자 우두커니 앉아 있으면 어쩌지. 아아！ 그런 정황이란 생각하는 것만으로도 얼마나 애끓고 서러운 일인가.

학교에 다니느라 객지에 나가고 없는 아들아이의 방문을 열어본다. 방안 가득 고여있는 그 아이의 음성을 떠올린다. "엄마！ 하숙밥이 맛이 없어. 엄마가 끓여준 된장찌개가 제일 먹고 싶어."

그랬구나. 내 아들과의 통화는 지극히 평범하였구나. 평범하다는 것이 곧 행복이기도 할 것이니. 내가 사랑하는 사람들은 부디 일생을 평범하게 살아갔으면 좋겠다. 그래서 오늘밤의 내 기도는 길기만 하다.

그대 가슴에 단풍 들거든

강원도 깊은 산골짜기에 있는 청평사 입구에는 놀랍도록 키가 큰 은행나무 한 그루가 있습니다. 푸르디 푸른 그 은행잎을 가리키며 그 절의 총무 스님은 말했습니다.

"보살님 가슴에 단풍 드는 날 이 은행나무도 노랗게 물들 것입니다." 그리고는 그만이었습니다. 어디로 사라졌는지 우리 일행이 머물던 두 시간 동안 한 번도 그 스님을 볼 수 없었습니다.

그곳에 가려고 우리는 시월 중순 어느 날 아침, 안개 낀 춘천을 떠났습니다. 30여 분 이상을 차로 달려서 소양호 선착장에 도착하였습니다. 물 속에 잠겨 있는 안개와 실뿌리를 몸으로 밀어내며 유람선은 천천히 앞으로 나아갔습니다. 호흡 속에 섞여서 몸

속으로 한사코 스며드는 안개를 뿜어내며 사람들 또한 떠서 흘렀습니다. 주위에 있는 것들이 모두 안개에 잠겨버려 그곳이 이승인지 저승인지 몽롱하기만 했습니다.

잠시 죽었다가 살아났다고 하는 사람들의 이야기(증언) 속엔 대부분 강이 있습니다. 아주 위태로운 외나무 다리가 있더랍니다. 그 다리를 건너다가 물에 빠지게 되었고, 허우적거리다가 깨어나니 바로 이승이었다는 이야기…….

성경에도 있습니다. 요단 강가에 서서 건너편의 낙원을 바라보는데 죽은 친구가 건너가고 있더라는 내용의 이야기가 있답니다. 요단강은 곧 이승과 저승을 가르고 있는 상징 속의 강이라 합니다.

그런 이야기를 들을 때마다 나는, 안개가 자욱이 낀 강의 풍경을 생각하곤 합니다. 아무튼 그날은 짙은 안개가 호수를 온통 뒤덮고 있어서, 마주치는 사람마다 모두 신선 같았습니다. 저마다 신선이 되어 세상만사 온갖 시름을 잊어버린 듯하였습니다.

이제 막 단풍들기 시작한 산봉우리들이 안개를 스카프처럼 두르고는 꿈속인 듯 눈 앞에 나타났다가 숨어버리곤 했습니다. 건너편 언덕에 도착한 우리를 기다리는 건 싫지 않게 내리는 안개비였습니다. 그 비에 머리를 적시며 계곡을 따라 30여분을 올라갔습니다. 길은 그다지 가파르지 않고 주변의 경치도 좋아 쉬엄쉬엄 걷기에 아주 좋았습니다. 언제 호수를 건너왔는지 모를 사람들이 계곡에 그득하였습니다.

청평사. 입구에서도 한참을 올려다 보아야 대웅전이 보입니다. 산 아래의 수목들과는 달리 좀더 일찍 물이 들어, 절을 둘러싸고 있는 높다란 산에는 단풍꽃이 현란하였습니다. 그런데 돌계단 앞에 서서 잠시 땀을 식히는 내 눈에는 주위의 분위기와는 전혀 어울리지 않게 아직 푸르디푸른 잎새를 매달고 있는 은행나무가 들어왔습니다. 주책없이 크기만 한 채 분위기가 동떨어진 그 나무를 가리키며 지나가던 스님에게 누군가가 물었습니다.

"스님！ 이 나무는 아직 푸르기만 한데 도대체 언제 노랗게 물듭니까？" 이때 스님의 대답이 그랬습니다. "보살님 가슴에 단풍 드는 날……." 이라고.

문단에서도 웬만큼 알려진 주지 스님으로부터, 차를 한 잔씩 대접받으며 그의 조용한 움직임 속에 배인, 아무것도 갖지 않은 사람의 부유함을 부러워하였습니다.

청평사를 뒤고 하고 내려오는 길은 안개 같은 비 때문에 상당히 미끄러웠습니다. 그 스님은, 모든 것은 마음 속에 있다는 말을 하고 싶은 것이었는지…….

그날 저마다 가슴 속에 지니고 내려온 한 그루의 은행나무는 노랗게 물들었거나 새파란 잎이 아직 그대로 남아 있거나, 비바람에 할퀴어져 앙상한 빈 가지인 채로 저마다 그 모습이 다르지 않을까 싶습니다.

제2부

어디로 갔을까, 하얀 새

내게 있어 행복이란 '복되고 좋은 운수' 라는 사전적 의미 외에도, 이름도 모르는 나라에 다다르기 위해 명상의 작은 배를 띄우는 이유일지도 모른다. 수없이 많은 '행복' 을 그려내며 혼자 떠나곤 하던 파랑새의 나라. 잡히지 않는 파랑새를 원망하면서 울며 돌아오던, 앙드레 지드는 말한다.

"모든 행복은 우연히 마주치는 것이어서, 그대가 노상에서 만난 거지처럼 순간마다 그대 앞에 나타난다는 것을 어찌하여 깨닫지 못했단 말인가."

어디로 갔을까, 하얀 새

또 다시 아침이다. 베란다의 커튼을 걷어내듯 누군가의 손에 의해 하늘이 열린다.

비로드 천의 두터운 커튼은 열렸어도 하이얀 레이스 커튼은 아직 남아있어 세상은 희미하다. 베란다 너머에서 논밭과 소나무숲이 뿌우연 안개에 덮인 채 깨어나는 것을 본다.

이제 곧 동쪽 하늘로부터 찬란한 햇살이 퍼지기 시작할 것이다. 물꼬를 보러 나온 농부의 모습이 보인다. 그러나 오늘도 역시 내가 바라는 손님은 오지 않을 모양이다.

모두 어디로 갔을까 그 하얀 새들은. 서쪽으로 돌아앉은 집, 게다가 앞이 트이지 않은 집에서 10여 년을 살다 보니 싱그러운 아침을 맞기가 참 힘들었다. 처음엔 이만하면 족하다 싶을 만큼 넓고 좋은 집이었으나 주위에 새로 지은 건물이 다투어 늘다보니 내가 사는 집은 차츰 초라함으로 전락하였다. 게다가 상가가 밀집되고 4차선 도로가 끼어 있어 자동차 소음으로 인한 피해도 컸다. 일자리가 가깝다는 것말고는 아무런 좋은 점이 없는 그곳을 떠나 한적한 시골로 이사한 지도 두어 달이 되어간다.

어느 해질 무렵 이곳을 지나가는데 아파트 단지를 끼고 흐르는 실개천에 비낀 노을이 가슴 서늘하도록 아름다웠다. 그 아름다움이 거는 주술 때문이었을까. 우리 가족은 마침내 전주 시민이라는 이름을 버리고 용진 면민이 되었다. 한 마디로 명실상부한 촌사람이 된 것이다.

지난 몇 해 동안 꿈에 쫓기며 또 다른 둥지를 갈망하였던 것인데 바로 이 곳이라고 생각해 볼 겨를도 없이, 여행을 떠나오듯 이사를 온 것이다. 어차피 산다는 것은 여행을 하는 것일 테지만…….

면사무소가 있고, 명찰처럼 우체통을 앞세운 아주 작은 우체국이 있는 곳. 저만치 아파트 숲에 덮여 하얗게 빛나는 전주를 바라보며 산다. 공부 때문에, 직장 때문에 식구들 모두 떠나버린 텅 빈 집. 혼자서 맞는 아침은 언제나 그리운 아이들에 대한 걱정으로 눈가에 눈물이 자주 고이곤 한다.

날마다 낯선 풍경과 마주하며 내가 깨닫는 것은 '낯설음은 외로움이다' 라는 것이다. 어른인 나도 견디기 힘든 일인데 어린 아이들이 어떻게 견디어 낼 수 있을까. 이런 외로움을.

어릴 적, 삼촌은 눈물 콧물이 범벅인 얼굴로 울고 있는 동생을 높이 치켜들고는 '서울 보여줄게' 라고 말하며 먼 하늘을 가리키곤 했다. 눈물이 아직 그렁그렁한 채로, 울었던 이유를 망각한 듯 배시시 웃던 동생의 얼굴.

신은 내게 날마다 조금씩 다른 그림을 준비해 주셨다. 슬픔에 잠겼다가도 그것들을 바라보며 위안 얻도록.

레이스커튼 너머 아침이 열리면 숲 속에 떼지어 살던 백로들의 유희가 시작된다. 새하얗게 소나무 숲의 정수리를 덮고 있던 백로떼가 아침마다 파아란 들로 내려와 춤을 추는 것이었다. 안개가 아직 드리워진 소나무 숲과 푸른 벼이삭 위를 날아다니는 하얀 새떼의 평화로운 몸짓, 그것은 분명 나의 아침을 희열로 채워주기에 충분한 것이었다. 그리운 사람은 더욱 그립게, 사랑스러운 것들은 더욱 사랑스럽게, 고마운 사람은 더욱 고마워하게.

그런데 이 무슨 심술일까. 광풍이 불던 그날, 불길한 소리로 겁을 주며 하루 종일 베란다 문을 두드려대던 태풍 '올가' 가 다녀간 그날 이후 새들은 자취없이 사라져버렸다. 얼마나 모진 바람이었기에 그 많은 새들이 다 사라져버렸을까. 사나운 바람이 불던 그날 나는, 소나무와 파랗게 어우러진 벼이삭과 풀잎들이 방향을 가늠할 수 없어 광풍에 쏠려 이리 쓰러지고 저리 쓰러지는 모습을 지켜보며 그들의 휘어져 꺾일 허리만을 걱정했을 뿐 새들이 사라지리라고는 생각하지 못했었다.

그 날 이후 두어 달이 다 되어가는 지금까지 새들은 한 마리도 볼 수가 없다. 새들은 가엾게도 모조리 죽었거나 아니면 낮은 곳에 바짝 엎드려 있다가 바람없는 곳으로 멀리멀리 날아갔나 보다.

우리 집에 놀러오면 아주 멋진 새들의 춤을 보여 주겠노라고, 마치 내가 새를 기르기라도 한 것처럼 만나는 사람들에게 자랑을 하곤 했는데 그 약속을 지킬 수가 없어서 큰 낭패다.

내 말을 낚시꾼의 거짓말(손가락 크기의 고기를 낚았어도 팔뚝만한 것을 잡았었다고 하는)이거나 아기엄마의 그것(웃지 않은 아기를, 혹은 엄마가 볼 때는 웃었는데 남에게 증명해 보이려고 하면 좀처럼 웃지않는)으로 치부해 버릴 사람들을 위해 그럴듯한 거짓말이라도 하나 만들어야 되겠다. "새들은 모두 다 서울로 공부하러 떠나고 없다."고

그 청년

그의 소식이 궁금하다. 전주란 곳에 한 번도 와 본 적이 없다던, 그래서 기회가 있으면 꼭 한 번 와보고 싶다던 거제도 청년. 그러나 잊지 말고 한 번 다녀가라는 나의 당부의 말도 잊었는지 10여 년째 아무 소식이 없다. 그도 어엿한 40대의 가장이 되어 어느 하늘 아래에서 열심히 살고 있을터이다.

소식이 끊길 무렵 그를 아는 사람으로부터 들은 이야기는 무척 어두운 것이었다. 시퍼런 칼날로 비유되곤 하던 군사정권 아래서 시국 사범으로 풀려 난 그가 수감 생활 중 얻은 병으로 인해 몸이 몹시 좋지 않더라는 것이었다.

무척 가슴 아픈 소식이었다. 그 청년의 일이었기에 더 그랬다.

언제나 낡은 청바지를 입고 두 손을 포켓에 찔러 넣은 채 습관처럼 웅크리고 걷던, 그래서 거제도의 제임스 딘이라 불리우던 몸집이 왜소한 청년. 무슨 병에 걸렸던 탓인지는 몰라도 한두 개 듬성듬성 박혀 있는 것 말고는 앞 이빨이 새카맣게 썩거나 빠져 있던 청년.

걸핏하면, 하나밖에 없는 매형이 돈을 벌어서 이를 해 주기로 했다고 자랑하며 부끄러움도 모르고 헤벌죽 잘도 웃던, 혹시 바보가 아닐까 하고 의심되던 그 청년. 그러나 나의 그런 선입관이 무색하게 장학금을 받고 학교에 다닌다던 어엿한 대학생. 스스로의 말마따나 당대에 그보다 더 촌스러운 학생은 찾아보기 힘들만큼 항상 얼굴이 새까맣던 청년이었다.

거제도를 들를 때마다 그가 생각나곤 하는 것은 무슨 특별하고 애틋한 인연 때문이 아니라, 그를 아는 다른 사람과 조금도 다르지 않게 나 또한 그를 한사코 멀리 밀어내려고만 했던 것에 대한 미안함 같은 것일 터이다.

그와의 인연을 말하려면 이십여년 전으로 돌아가야 한다. 진해에 터 잡고 살던 나는 아무 망설임도 없이 거제도의 신현읍(지금은 거제시가 되었다.)으로 이사를 갔다. 직장 따라서 이삼 년 살 계획으로 그리 한 것이다.

대문을 나서서 몇 발짝 걷다보면 군데군데 포로수용소의 담벼락들이 널려 있었다. 대대적으로 예산을 들여 흩어져 있던 것을 한데 모아 커다란 타운으로 조성해 놓은 지금과는 달리, 군에서 보호하지도 않은 듯 허물어져가는 국방색 돌담들이 전부이던 으스스한 소문의 포로수용소. 동네 아이들은 그곳에서 숨바꼭질을 하며 놀았고 근처에 있는 중 고등학교의 학생들이 선생님 몰래 숨어서 담배를 피우는지 연기가 돌담위로 실실 피어오르곤 했었다.

그곳에 대기업인 삼성조선소와 대우조선소가 있어 거리거리나 교회에는 그 직원들로 언제나 젊음과 활기가 넘쳐흘렀다. 나는 그곳에 들어와 있는 교직원의 가족들과 회사의 발랄하고 재주있는 남녀 직원들과 뜻이 맞아 중창단을 만들었다. 병원과 양로원 등지로 더러 위문공연을 나가기도 하고 교회나 회사의 광장에서 기회 있으면 공연을 하는 것이 목적인 꿈이 큰 그룹이었다.

연습을 하러 모이는 단원들을 따라서 그 청년은 우리 집을 드나들기 시작한 것이다. 그는 P시에서 대학교에 다니다가 토요일이 되면 거제도로 들어 왔다. 교회의 청년회 소속이어서 우리 집에 드나드는 사람들이 대부분 친구들이라 박대할 구실이 전혀 없었다. 그러나 그는 깔끔하고 총명해 보이는 또래의 친구들과는 차림새와 행동이 너무 동떨어져서 걸핏하면 주위 사람들로부터 따돌림을 당했다. 엉뚱한 말과 행동으로 주변사람들로부터

미움을 사기 일쑤였다. 청하지 않아도 맨 먼저 나타나 상석을 차지하고 앉아 하나도 우습지 않은 말을 농담이라고 떠들어댔다. 남들은 웃을 준비도 안됐는데 혼자서 배를 잡고 웃어가며 그러했다. 게다가 그는 당시 그곳 사람들이 들어보지도 못한 노래를 느닷없이 부르곤 했다.

내가 전라도 출신이란 걸 알고는 광주 사태(광주민중항쟁)를 아느냐고 묻기도 해 그때마다 적지 않게 당혹스러웠다. '흔들리지 않게 우리 단결해' '앞서서 가노니 산 자여 따르라' 그가 부르는 노래의 가사는 처절하고도 단호했다.

그 무렵 TV나 라디오에서는 거의 매일 학생들의 데모 이야기와 그 때문에 경제가 후퇴할 거라는 말들을 보도한 까닭에 하다못해 구멍가게의 매상이 조금만 떨어져도 사람들은 데모 때문에 못살겠다는 말을 공공연히 했다. 그러나 한편으로는 데모를 하는 사람들은 뭔가 남다르고 비범한 머리를 지녔으며 개혁을 추구하는 사람이라는 생각을 하는 사람도 적지 않았다. 그래서, 직접 나서진 않아도 속으로 지지와 애정을 보내는 젊은이가 분명 많았다.

그런데도 그 청년에 대한 평가는 그 어느 쪽에도 속하지 않았다. 사상이 불온한 빨갱이로 치부하거나 똑똑하니 나중에 시국이 바뀌면 뭔가 한 가닥 할 거라는 것 중의 하나가 아니라 그저 남이 하는 풍월 주워듣고 헛소리나 하는 덜 떨어진 친구라는 것이 그 주변 사람들의 견해였다.

그는 연습이 없는 날도 걸핏하면 우리 집에 들러 아이들하고 히히덕거리며 한나절을 그냥 보냈다. 그러다가 시들해지면 '저 수용소 들어갑니다.' 라고 말하고는 건들거리며 나갔다. 그의 집은 포로수용소의 담벼락을 의지해 지은 조그만 슬라브 건물이었다. 집에 간다고 하지 않고, 농담이랍시고 그런 사위스런 말을 예사로 했다.

나는 그가 나의 세살짜리 아들에게 틈만 나면 불순한 노래를 가르쳤다는 이유로 우리 집에 다시는 발을 들여놓지 말 것을 요구했다. 그가 오지 않아도 아이는 한동안 '산자여 따르라. 피, 피, 피' 하며 서툰 발음으로 오월의 노래를 흥얼거리곤 했다. 그는 무슨 생각으로 말도 서툴던 나의 어린 아들에게 한사코 민중의 투쟁을 입력시키려 했을까.

시절이 바뀐 요즘, 선거철이 되면 그 지방의 선거 소식에 귀를 기울여본다. 혹시 그가 국회의원이나 그곳 지방 의회의 의원이라도 당선되었다는 반가운 이야기를 들을 수 있을까 해서다. 그러나 아직은 그 어디에서도 그 청년의 이름을 볼 수가 없다.

그는 정말 바보였을까? 아니면 시대를 고민하던 젊은 영웅이었을까. 그것이 지금도 궁금하다.

모래 위의 발자국

한 줌의 모래는 우주의 시집이다.
— C.D. 매크드의 「한 번 그리고 영원히」

홀로 변산 앞바다엘 갔습니다.

나에게 오늘 던지고 싶은 화두는 삶이었고 잠 같은 휴식이었으므로. 넘어지고 깨어지던 생활의 텃밭에서 잠시 일손 놓고, 나만의 외로움 다스리는 법을, 나만의 명상법을 위해 마음속 꿈길을 따라 갔었습니다.

저만치 물러나 있는 바다가 새삼 멀었습니다. 텅 빈 모래밭엔 한 무리의 아이들이 그물 속의 새우 떼처럼 파닥거리며 뛰어 놀고 있었습니다. 밀물에 실려와서 다시는 바다로 가지 못한 해초

더미들이 초가을 한낮의 따가운 햇볕 아래서 바짝 마른 채 푸석거립니다. 곱디 고운 모래 가루를 바람이 한 번씩 헤집고 갑니다. 그러나 모래톱은 잠잠히 가라앉는 법을 잘 아나 봅니다. 바람이 불 때마다 가벼이 몸을 뒤척이며 수런거리다가는 제자리에 다시 눕고 맙니다.

늦은 오후, 바닷가를 홀로 서성이며 새삼 나를 바라봅니다. 아무 갈등없이 뛰어놀던 풋풋한 시절은 이미 오래 전에 가버렸고 그때 그 친구들은 지금 내 곁에 없습니다.

어릴 적 집을 쫓겨나 본 적이 있습니다. 잘못을 저질러 놓고는 아버지의 매가 무서워 스스로 도망을 간 것이지만……. 순자네 집 돌담 밑에 쪼그리고 앉아서 저물어가는 가을 하늘을 바라보았습니다. 별이 하나 둘 돋아나기 시작했습니다. 별이 있는 밤하늘의 깊이만큼이나 나의 외로움도 깊고 막막했습니다. 알지 못하는 우주가 무서워서, 그리고 찾으러 오지 않는 엄마가 야속해서 울었습니다.

텅 빈 해수욕장에 혼자 앉아서 그 저녁의 외로움을 떠올려 봅니다. 잘못을 저질렀다고 나를 집에서 쫓아내줄 아버지가 지금도 계셨으면 좋겠습니다.

내 생애 수많은 밀물과 썰물이 왔다가 갔습니다. 저기 모래 위에 새겨진 작은 이랑들처럼 내 삶은 다양한 무늬로 채워졌고 몸을 가눌 수조차 없는 태풍 때문에 겉모습도 크게 변했습니다. 파도에 밀려다니며 더 잘게 더 부드럽게 부서지는 법도 배웠습니다.

한 친구가 생각납니다. 그녀는 언제나 핏기 없는 얼굴로 입버릇처럼 말하곤 했습니다. 어서 늙어버리고 싶다고. 늙어서 여자보다 한 차원 더 보편적인 그런 사람이고 싶다고.

아아 얼마나 가련한 그녀의 넋두리인지. 아마도 외로움이 뼈에 사무치고 삶에 지쳐서 그녀는 죽음을 갈망하고 있었는지도 모릅니다. 어서 늙어버리고 싶다는 외로운 그녀가 외롭고 괴로울 때마다 의지하고 위안을 얻을 수 있는 좋은 벗을 속히 만났으면 좋겠습니다.

이런 이야기가 있습니다.

어느 날 한 사람이 꿈속에서 신을 만났습니다. 그는 신과 함께 해변을 산책하고 있었습니다. 그들은 지나온 삶의 궤적을 따라서 걷고 있었습니다. 그런데 기이하게도 각각의 장면마다 모래 위에 두 줄의 발자국이 새겨져 있음을 발견했습니다. 하나는 그의 것이고 또 한 줄은 신의 발자국이었던 것입니다.

그런데 어떤 때는 모래 위의 발자국이 하나밖에 없음을 알았습니다. 공교롭게도 그의 생애에서 가장 절망적이고 슬펐던 시기마다 그러했다는 사실도 알았습니다. 가장 자비롭다는 신도 역시 사람이 부유하고 행복할 때만 함께 할 뿐 힘들고 가난할 때는 외면을 한다고 생각했습니다. 그는 서운한 맘을 품고 신에게 물었습니다. 따르기로 결정하고 믿기만 하면 언제나 함께 하겠다고 약속하시지 않았느냐고. 가장 힘들고 당신이 필요한 순간에만 왜 나를 버리셨느냐고.

신은 그에게 말했습니다. 그게 아니라고. 언제나 그를 사랑한다고. 한 줄의 발자국이 나 있는 것은 바로 신의 것이라고. 그가 힘들어 슬퍼할 때마다 신은 그를 업고 걸었노라고.

부디 나의 친구가 그런 신의 발자국을 발견할 수 있기를 빕니다. 친구보다도 더 가까이서 함께 걸어가 줄 신발같은 신을 만나기를.

철지난 해수욕장은 무척 쓸쓸했습니다. 그러나 한 줄기 나의 발자국 곁에 나란히 찍힌 신의 발자국을 마음속으로 보았습니다.

악보를 주세요

집회장은 후끈한 열기로 달아올랐다.

아주 유명한 분의 강연이 열릴 예정이어서 1천여 석의 좌석이 사람들로 빼곡히 채워져 있었다. 이런 행사는 으레 그런 것이어서 삼분의 이가 여성들이었다. 관객들은 벌써부터 웃을 준비와 박수 칠 준비를 하고 있는 듯 상기된 표정들이었다.

사회자가 본격적인 강연에 앞서 특별 순서가 있음을 알렸다. 30대 초반으로 보이는 여성들이 무대로 나와 나란히 섰다. 그 가운데는 서너 살 가량 됨직한 아이도 섞여 있었다. 엄마가 안고 나와 거기 세운 것이다.

그 아이에게로 나는 시선을 집중 시켰다. 나란히 선 사람들에

비해 아이가 워낙 작아서 눈에 들어오기도 했지만 어른들과 똑같은 표지의 피스를 의젓하게 들고서 흐트러짐 없이 객석을 바라보며 잘도 서 있었기 때문이다.

아마도 엄마를 떨어지지 않으려 하는 아이를 데리고 나오긴 했지만 안고 노래를 부르기는 힘들 것 같으니까 똑같은 피스를 손에 들려 세워두기로 했을 것이다. "노래 부를 때에 가만히 서 있어야 돼. 우리 아기 착하지."라고 칭찬을 미리 정수리에 잔뜩 얹어 주었으리라.

전주곡이 흘러나오자 모두들 들고 있던 피스를 활짝 펼쳤다. 그 아이도 동시에 그렇게 했다. 합창이 시작되자 글씨를 아직 깨우쳤을 리 없고 노래를 알 리 없는 아이는 당황한 기색으로 주위를 두리번거리기 시작했다. 한참동안 그러고 있던 아이가 바로 옆에 있던 엄마에게 다가가 치근대기 시작했다. 엄마의 피스를 달라고 하는 것이었다.

젊은 엄마는 천여 명 관중들의 시선이 부끄러운지 입으로는 노래를 부르면서 아이를 손으로 제지시키느라 애가 타는 듯했다. 이 시간을 위해 수 없이 연습을 했을 테고, 실수 없이 잘 하고 싶은 것이 그 엄마와 다른 단원들의 바람일 것이었다. 속도 모르는 아이는 굽히지 않고 자기의 피스를 엄마에게 내밀며 엄마의 것을 달라고 보챘다.

'그러다 울음이라도 터뜨리면 곤란하잖아. 어서 줘버려!' 그들과 아무 상관이 없지만 나는 조바심이 들어 마음속으로 그렇게 외쳤다. 아니나 다를까. 그 아이의 울음보가 기어코 터지고 말았다. 엄마가 당황하여 얼른 자기의 것을 주고 아이의 것을 받아들었다. 안심이 되었다. 진작 그랬어야 했다.

그들이 피스를 바꾸자 나는 곧 알아낼 수 있었다. 왜 아이가 엄마의 것을 고집하고 엄마는 한사코 주지 않으려 했는가를. 겉모양은 똑 같았지만 아이의 것에는 악보가 들어있지 않은 모양이었다. 어차피 아이가 글씨를 모르니까 겉장만 있는 피스를 손에 들려주었을 것이다.

악보를 건네 준 엄마는 2절까지의 가사를 다 외우지 못했던지 곁에 서 있는 동료에게로 다가가서 곁눈으로 넘겨다보며 몹시 불편한 자세로 노래를 불렀다. 한편 악보를 받아 든 아이는 그것을 죄다 읽을 수 있다는 듯이 반듯이 펼쳐 들고 몸을 좌우로 흔들며 입술을 달싹거렸다. 매우 만족스럽다는 듯 온갖 폼을 다 잡고서.

그 남자와 개

오래 전, 진해에서 살 때의 일이다. 골목을 끼고 있는 단독 주택에서 우리 가족은 살았다. 큰 길에서 우리 집으로 들어가려면 정원이 넓은 적산가옥의 파란 대문 앞을 지나가야 했다. 부시장을 지냈다는 사람의 집이었다. 바다를 끼고 있는 속천동 일대에서 둘째가라면 서운해 할 부잣집이었다. 이따금 보게 되는 그 집 주인은, 어딘지 모르게 위엄이 풍겼으며, 온화한 미소에다가 빈틈없이 깔끔한 차림의 아주 멋있는 노신사였다.

그런데 그 집에서는 걸핏하면 그릇 깨지는 소리와 여인의 울부짖는 소리가 들려오곤 했다. 울음소리의 주인공은 이목구비가 아름답고 피부가 슬프도록 새하얀 그 집 큰며느리였다. 살림살이가 깨지고 난 다음이면 그녀는 시퍼렇게 멍이 든 얼굴을 한 채로 우리 집에 숨어들어 "이 세상이 왜 이렇게 팍팍한지 모르겠데이. 난 아무런 희망이 없는 기라. 하느님이 빨리 내 좀 데리가뿌면 좋겠데이." 라는 하소연을 했다. 그러면서 하염없이 눈물을 흘리다 돌아가곤 했다.

서울에서 일류 대학까지 나온 그녀의 남편은 정신질환에 시달리고 있던 환자였던 것 같다. 걸핏하면 의심하고 불안에 떨며 그녀를 상습적으로 두들겨 팼다. 그녀가, 초등학교 교장으로 이태전에 퇴임을 한 친정아버지의 근심거리 딸이 되지 않으려고 쉬쉬하며 살아온 세월이 5년이라 했다. 결혼할 무렵엔 그 남자도 직장에 다녔는데 몇 년 안 되어 집어치우고 집에 틀어박혀 마누라 학대하는 재미로 사는 모양이었다.

그 남자가 어쩌다가 밖으로 나올 때는 송아지만한 개 두 마리를 끌고 바닷가를 어슬렁어슬렁 산책할 때이다. 멀쩡할 때는 아주 격조 높게 깍듯해서 처음 그를 대한 나의 소감은 한 마디로 영국 신사였다. 그는 대문 앞에서 처음 본 나를 향해 아주 부드러운 미소까지 띄우며 나즈막하고 침착한 목소리로 "안녕하세요?" 하고 인사를 건네며 지나갔다. 선조 대대로 넉넉한 집안이었다는, 부시장집의 큰아들이라고 하기에 손색이 없었다.

그럴 때의 그는 적어도, 일주일에 한두 번씩은 자신의 아내를 두들겨 팬다든지 살림살이를 정원에 내던지며 소란을 피운다는 사실을 이웃이 알고 있지는 않으리라고 믿고 사는 사람 같았다. 아니면 그런 사실을 감추려고 일부러 더 점잖게 행동하는 것인지도 몰랐다. 그런 까닭에 처음으로 그 이웃이 되는, 아무것도 모르는 사람들은 그를 대할 때, 할 수 있는 한 최고의 경의를 표하려 애썼다. 나도 그런 사람중의 한 사람이었다. 그러나 그런 기간은 그리 길지 않았다.

내가 그 이웃으로 이사를 해서 얼마 지나지 않은 날이었다. 그러니까 살림살이를 마당에 내던진 바로 다음날이었을 게다. 그 남자가 담 너머로 얼굴을 내밀고 나를 불렀다. 아직은 그 집 식구들과 친밀하게 말을 나누고 사는 처지가 아니었다. 골목에서 한두 번 마주쳤을 뿐인데 여느 집의 절친한 이웃들이 그러하듯이 나를 부르는 것이었다. 나는 몹시 의아스러운 마음으로 가까이 다가갔다. 그는 내 눈치를 살피더니 아주 나직이 속삭이는 소리로 "아 글쎄 내 말 좀 들어보슈. 우리집 저 여자는 어디에다 쓸까 모르겠어요. 너무 멍청해서 답답할 때가 한두 번이 아니라우. 허구헌 날 몸둥이 치장하는데나 신경을 쓰고 내 원 참." 그렇게 말하더니 또 이런 말을 덧붙였다. "나 저 X을 쫓아낼까 해요. 그렇지만도 내 입으로 나가라고는 안 하지. 제 발로 걸어나가게 한다니까요." 라고. 너무나도 당황해진 내가 "아……네?" 하고 반신반의하며 대꾸할 말을 찾지 못해 더듬거리자 그는 다시 한 번 내 눈치를 살피고는 안으로 들어갔다. 몇 번 본 적이 있었을 뿐인 그의 아내는 아무리 생각해도 멋하고는 거리가 먼 사람이라는 생각이 들었다. 피부가 새하얗고 이목구비가 뚜렷할 뿐 멋스럽게 차려입고 외출하는 것이 눈에 띈 적이 없었기 때문이었다. 그 집과 이웃해 살면서, 신사라고 믿었던 그 남자의 심적 상태가 날마다 더욱 악화되어 가는 것을 본다는 것은 여간 실망스러운 노릇이 아니었다.

어느날부터 그 남자가 개를 두 마리, 대문 밖에다 내다가 묶어놓기 시작했다. 하필이면 사람들이 출퇴근을 하거나 아이들이 등하교를 하는 아침저녁에 대문의 양쪽 기둥에다가 한 마리씩 개를 매어놓는 것이었다. 그것은 그 집 대문 앞을 거쳐야만 출입을 할 수 있는 골목 안 사람들에겐 근심거리가 아닐 수 없었다. 아내에게 손찌검하고 행패를 부리곤 한다는 것이 온 동네에 알려졌다는 사실에 분통이 터진건지, 그가 기어코 세상을 향하여 적개심을 드러내기 시작한 것이다.

개가 짖어대건 말건, "이놈들" 하고 호통 한 번 치고는 대수롭지 않게 여기며 지나다니는 골목 안집의 장학사네 부부나 남자들은 그래도 괜찮았다. 아이들과 여자들은 그 집 앞을 지날 때마다 식은 땀을 흘리며 곤욕을 치러야 했다. 초등학교 3학년과 6학년에 다니는 경옥이와 경숙이의 외마디 비명과 놀라서 우는 소리가 등 · 하교 때마다 들려오곤 했다. 그 애들의 가족은 장학사네 집 문간방에 세 들어 살고 있었다. 남편 없이 두 자매를 키우면서 남의 집 궂은 일로 등이 펴질 날이 없던 그 아이들의 엄마가 분통이 터진다는 듯이 욕을 내뱉곤 했다. 그러나 행여 그 소리를 그 집 남자가 들을세라 슬그머니 말꼬리를 걷어들이기에도 바빠했다.

골목에서 이제 막 걸음마 연습을 하곤 하던 어린 내 아기 때문에 나의 걱정도 이만저만이 아니었다. 내가 일을 갖고 있어서 아기를 남의 손에 맡겨야만 했기에 더욱 그랬다.

견디다 못한 뒷집의 할머니가 팔을 걷고 나섰다. 그 노인은 성격이 괄괄하고 거침이 없어 그 누구에게도 꿀리는 법이 없었다. 아니나다를까. 그래도 뼈대있는 가문이어서 노인을 공경하는 기본적인 예의범절은 살아있었던 것인지 아니면 노인이 워낙 말을 조리있게 잘 했던 것인지 면담을 한 뒤로 개가 대문 안으로 들어갔다. 그러나 아침저녁으로 그 집 앞을 지나다니는 동네 사람들은 대문 안에서 무섭게 짖어대곤 하는 개들이 언제 튀어나올지 몰라 뜀박질을 하는 일이 잦았다.

그러던 그 남자가 어느날부터인가 나에게 집중적으로 적대감을 보이기 시작했다. 부인이 간혹 우리 집에 와서 울다간다는 사실을 알아 챈 모양이었다. 색다른 음식이 있으면 담 너머로 주고받으며 동기간처럼 지내는 것이 아주 못마땅한 모양이었다. 그 표시로 우리집에 붙어있는 담벼락 밑에다 개들을 바싹 매어 놓는 것이었다. 그리고는 어떻게 하는 것인지 밤낮으로 개들이 짖어대는 바람에 잠을 편히 잘 수가 없었다.

그가 담벼락에 붙어 서서 뒷집의 노인과 한참동안이나 이야기를 나누곤 하는 것이 몇 번 눈에 띄었다. 그 노인의 말에 의하면, 옆집 아기는 밤낮 없이 울어서 얄밉고 그 엄마는 어른을 보고 인사할 줄도 몰라서 못쓰겠다고 하더란다. 내가 재미있다는 듯이 웃으며 "그래서 뭐라고 하셨는데요?" 하고 물었더니 그 할머니는 한쪽 눈을 찡긋하며 "아 그렇다고 그랬제." 하고 말하며 짓궂게 웃었다. 그리고는 아기 볼을 감싸며 몇 마디 덧붙이기를 잊지 않았다. "귀여운 우리 얼라를 와 나쁘다카노. 이상한 어른도 다 있대이. 그쟈?" 하면서 아기 볼을 쓰다듬더니, 또 이렇게 덧붙였다. "그러나 개를 대문 밖에 내놓지 않는 것만 해도 다행이다 여기그라. 비위를 맞출라카면 그 녀석 말에 맞장구를 쳐줘야 하지 않겠나 그쟈?"

그랬다. 그 남자가 말하는 것을 그대로 곧이 들을 사람은 한 사람도 없다고 해도 과언이 아니었다. 그랬기에 난 오히려 이렇게 노인에게 주문을 하곤 했다. "할머니! 매일 제 흉을 봐도 좋으니까 개만 조용해지게 해 주세요. 제발!"

얼마 안 있어 우리 가족이 다른 곳으로 이사를 하는 바람에 그 슬픈 눈의 여인도 한동안 볼 수가 없었다. 그러나 이듬해 어느 봄 날, 전혀 예상치도 못하고 나선 나들이 길에서 그녀를 보았다. 휴일 오후 바닷가를 산책하려고 그 집 앞을 지나게 되었다.

그런데 그 파란대문 앞에 사람들이 모여 웅성거리고 있었다. 그들은 인도에 아무렇게나 발을 뻗고 앉아 통곡을 하고 있는 여인을 둘러싸고 있었다. 부시장집의 며느리 바로 그 여인이었다.

그토록 교양있고 조용하기만 하던 여인이 허물어져 길가에 앉은 채 울고 있다니, 믿을 수가 없는 일이었다. 그녀 곁에는 크고 작은 보퉁이가 두 개 팽개쳐져 있었다. 그녀는 나를 부둥켜안으며 더 크게 울었다. 다섯 살이나 더 먹은 그녀가 그렇게 측은하게 나를 의지하고 우는 것이었다. “이렇게 허무할 수가 없데이. 이런 꼴을 당하지 않으려고 기를 쓰고 참았는데 그만 이렇게 되고 말았데이.”

오랜 시간 일어날줄을 모르는 그녀를 향해 사람들은 나지막하게 몇 마디 위로의 말을 해 주곤 했다. “차라리 잘 됐다 카고 어데 친정에나 친구한테라도 가서 몸을 좀 추스르도록 하이소.”

나는 안에 있을 그 남자가 어떻게 하고 있는지 몹시 궁금했다. 대문 안을 들여다보았다. 봄이 와서 그 집 정원에도 갖가지 빛깔의 꽃이 어우러져 있었다. 길가에 주저앉아 통곡을 하고 있는 소박데기 부인이 정성을 들여 가꾼 것들이었다. 그 전에도 느낀 것이지만 참으로 아름답기 그지없는 정원이었다.

그 남자의 기척이란 어디에도 없는 듯했다. 그러나 나는 곧, 담벼락에 바짝 붙어 있는 그를 발견했다. 예상은 틀리지 않아 뒷집 할머니와 얘기를 나누고 있는 모양이었다. 제멋대로 갖다 붙인,

부인의 온갖 흉을 털어내고 있을 것이다. 말소리를 최대한 작게 하려고 애를 쓰는지 바짝 붙어 서서 고개를 갸우뚱거리는 남자의 뒷모습이 우습고도 기이했다.

햇볕도 따스한, 그래서 더 가슴 아픈 봄날이었다.

행복에 관한 명상

– 가장 행복한 사람은 조용한 가슴을 안고 일상의 여느 햇빛을 즐겁게 여기며 나머지는 하느님에게 맡긴 사람이다.
– 가장 행복한 사람이란 가장 적게 고통을 입고 있는 사람이며, 가장 비참한 사람이란 가장 적게 쾌락을 느끼고 있는 사람이다.

위 글들은 J · V 체니의 저서 『가장 행복한 사람』과 루소의 『에밀』에서 따온 행복에 관한 구절들이다. 동서양의 구분 없이 행복은 마음먹기에 달렸다는 진리가 다름이 아니다.

나는 행복하게 살아 온 사람이었을까? 내겐 볼펜과 종이만 손에 잡히면 '행복'이라고 낙서를 하는 버릇이 오래 전부터 있었다.

이삿짐을 정리하다보니 지난날의 수첩이며 일기장들이 여기저기서 빛바랜 얼굴을 내밀고 있다. 페이지마다 부질없는 낙서를 가득 담고 있는 수첩들. 수 없이 새겨 놓은 '행복' 이라는 낱말. '행복' '행복' 혹은 '행복합니다.' 어떤 곳엔 이 단어로 한 면이 시커멓게 채워진 곳도 있다.

필시 한두 시간씩 계속되는 어느 강연회장이나, 혹은 세미나 시간에 끄적거려진 것들이다. 계속되는 그 단어가 지루했던지, 아니면 미안하기라도 했던지 더러는 '행복합니까?' '행복할까?' 로 변화를 시도한 것도 있다.

내가 행복에 취했다거나, 행복에 목말라 하면서 적은 것들이 아니다. 굳이 따지자면 내 필체로 가장 예쁘고 편하게 써지는 것이 이 단어이기 때문이다. 언제부턴가 나는 이 말과 몹시도 친숙해졌다. 나의 행복이나 불행 따위에 관계없이 그랬다.

오래 전 초등학교 때의 학예회를 떠올릴 수 있다. '행복' 이라는 제목의 연극에서 주인공이 되었었다. 그러니까 내 이름이 곧 '행복' 이었다. 하얀 보자기로 너울을 쓰고 빳빳한 종이에 은박지를 오려 붙여서 만든 관을 쓰고 행복 행세를 했었다.

두 번째 막이 오르고, 행복을 선물로 받을 사람을 찾아다니던 나는 어느 초라한 움막집에 들어가 한 끼니의 밥을 구걸한다. 가난하지만 착한 그 움막의 주인은 자기가 먹으려던 밥을 들고 나온다. 마당에 주저앉아 밥상을 받아들고 허겁지겁 먹는 시늉을 하는 가짜 거지인 나. 연극의 사실성을 높인다며 빈 밥그릇 하나와 선생님 사택에서 얻어 온 깍두기 한 보시기가 상에 얹혀져 있었다. 그것을 실제로 집어먹어야 한다고 몇 차례나 당부한 선생님의 말씀을 기억하며 그 깍두기를 집어먹었을 때 와아 하고 터지던 학부모들의 웃음 소리와 박수 소리.

세 번째 막이 오르고 다시 행복 차림으로 돌아 온 나는 한 그릇뿐인 자기의 먹을 것을 배고픈 거지에게 내어준 움막집의 주인에게 행복을 선물로 안겨 주고 떠난다는 이야기였다.

지금 생각하면 지극히 단순하고 빤한 줄거리였다. 그러나 그 연극 때문에 나는 행복이 무엇인지 구체적으로 알지 못하는 어린 나이임에도 불구하고 행복에 젖어 살 수 있었다. 아이들은 "야! 저기 행복이 지나간다" 하며 좋아했고 어른들은 머리를 쓰다듬으며, "우리 행복이 왔네"라고 말하곤 했기 때문이다.

그 이름도 얼마 안 있어 사람들에게 희미하게 잊혀져 갔다. 나는 그때부터 행복이라는 단어를 내가 잡을 수 있는 유일한 끈으로 삼기라도 한 것처럼 그 이름을 이곳저곳에 써 놓는 버릇이 생겼다.

내게 있어 행복이란 '복되고 좋은 운수' 라는 사전적 의미 외에도, 이름도 모르는 나라에 다다르기 위해 명상의 작은 배를 띄우는 이유일지도 모른다. 수 없이 많은 '행복' 을 그려내며 혼자 떠나곤 하던 파랑새의 나라. 잡히지 않는 파랑새를 원망하면서 울며 돌아오던.

앙드레 지드는 말한다. "모든 행복은 우연히 마주치는 것이어서, 그대가 노상에서 만난 거지처럼 순간마다 그대 앞에 나타난다는 것을 어찌하여 깨닫지 못했단 말인가."

그 옛날 학예회에서 거지차림의 행복으로부터 행복을 선물로 받은 가난한 움막집의 주인만큼 순수하지도 착하지도 못하게 살아 온 나. 무심히 내가 스치고 지나쳐버린 행복이 헤아릴 수 없을 만큼 많을는지도 모른다.

나는 이제부터 마음만 먹으면 '행복' 이라는 말을 공개적으로 쓸 수 있게 되어서 좋다. 전원속의 생활을 마감하고 도심 한 복판의 '행복한 세상' 이라는 새 아파트로 이사를 했기 때문이다. 낙서로서가 아니라 당당하게 그 이름을 내세워 좋은 사람들에게 소식을 전할 수도 있게 되었으니 그 아니 좋은가. 앞으로도 말로 혹은 글씨로 행복이라는 단어를 수 없이 되뇌이며 행복이라는 주술에 빠져 볼 생각이다.

어떤 일꾼들

매일매일 해야 할 일거리를 가질 수 있다는 것은 행복한 일이다. 좋은 일이면 더 좋겠지만 어쩔 수 없이 최선을 다 해야 하더라도 근면과 절제가 가져다 주는 유쾌한 만족 하나쯤은 반드시 얻을 수 있으리라 믿는다. 그러니까 일을 즐겁게 여길 수 있다면, 그래서 오락을 하듯이 그 일을 할 수 있다면 더 할 나위 없이 좋을 것이다.

네 명의 청년들이 이삿짐을 옮기려고 우리 집에 왔다. 그들은 이삿짐센터의 직원들이다. 얼굴이 곱상하고 앳되어 보여서 저들이 어떻게 무거운 짐을 들어올리고 내릴 수 있을까 하는 생각이 들어 미덥지 못한 것이 사실이었다. 그러나 다시 고쳐서 생각하니 내가 저들을 어리다고 생각하는 것은, 나이 먹어가면서 웬만한 사람은 다 어리게 보는 습성이 붙기 시작한 탓도 있을 터였다.

포장이사를 신청한 것이어서 굳이 내가 손을 대지 않아도 그들은 척척 일을 잘도 해 나갔다. 그러나 그냥 손놓고 우두커니 있기도 뭐하고 해서 손을 대려고 하면, 저쪽으로 비켜서시라고 정중히 경계를 그었다. 손을 다친 뒤로 아직은 함부로 힘을 쓸 처지가 못된 나로서는 오히려 고마운 일이 아닐 수 없었다. 주인이 손놓고 구경만 한다고 의아해 하면 어쩌나 하고 마음 쓰며 걱정하지 않아도 되어서 다행이었다.

찬장에 들어 있던 그릇들을 하나하나 포장되고 책장의 책들은 채곡채곡 담겨져 한쪽에 쌓아졌다. 이불 보퉁이를 묶어내고 옷장의 옷들을 가지런히 담아내는 일도 거뜬히 해 치웠다. 어느 주부의 솜씨 못지않게 정성스러웠다. 그들은 서로를 존칭으로 부르면서도 장난 또한 스스럼이 없었다. 일을 즐기고 있음이 분명했다.

짐이 좀 많은 편이어서 저녁때가 다 되어서야 일의 끝이 보이기 시작했다. 묶어서 차에다 싣고 다시 새집으로 와서 하나하나 풀어서 정리를 하기까지 그들은 최선을 다 해서 일을 하는 것이었다. 조금씩 거드는 시늉을 하며 머리 속은 도대체—웃돈을 얼마나 주어야 하는 것일까—하는 생각으로 골똘했다. 짐이 많다고 불평하면 어떻게 하나 하는 생각이 들어 눈치를 살피기도 했다. 물론 처음부터 제시된 금액이 있는 터였지만 이사를 하다보면 의례 웃돈을 요구한다는 것을 익히 알고 있었다.

몇 년 전의 일이다. 그때 만난 이삿짐 센터의 사람들은 시종을 불만으로 일관하였다. 짐이 생각보다 많다느니, 왠 책은 이렇게 많이 가지고 다니냐는 둥. 그러다가 급기야는 웃돈을 더 주지 않으면 철수하겠다고 까지 했다. 정한 금액의 반절을 더 얹어주기로 하고 가까스로 이사를 했었다. 게다가 큰 것만 대충 정리해놓고는 다른 집의 이삿짐을 옮겨야 하는 일로 가야 된다고 우는 시늉이어서, 우리가 천천히 치우겠노라고, 어서 가보시라고 정중히 보냈던 적이 있었다.

나는 들락거리며 따로 마련해 둔 웃돈 봉투를 만지작거렸다. 그들이 달라고 하지 않으면 주지 않을 생각이었지만 만일의 경우를 생각해서 준비한 것이다. 모든 정돈을 끝낸 그들이 책장에서 책을 꺼내 들고는 "글을 쓰시나 보죠?" 하고 물었다. "네? 대충 그런 셈이죠 뭐." 얼버무리는 나에게 그 중 한 청년이 사인을 해 달라고 하지 않은가. 웃돈을 줘야 할까 말아야 할까를 골똘히 생각하고 있는, 지극히 세속적인 순간에 당혹스럽게도 사인을 해 달라고 하다니. 게다가 무슨 유명한 사람이나 된다고.

나는 그들이 돌아간다고 말해 주기만을 기다리고 있었다. 지금까지만 해도 대 만족이었다. 그러나 그들은 혹시 할 일이 더 남앉을까 하고 이곳저곳을 점검했다. 끝내 청소기를 들고 바닥 청소까지 다 마친 청년들이 돌아 갈 채비를 하였다. 나는, 가다가 식사라도 하고 가라며 준비한 봉투를 내밀었다. 그런데 뜻밖에도 그들은 그것을 거절하는 것이 아닌가. "이러지 마십시오. 우리가 바라는 최대의 보람은 고객이 우리의 서비스를 흡족해 하고 맘에 들어 하시는 것입니다." 라는, 교과서에나 나옴직한 멋진 말을 남기지 않는가.

무안해진 내가 정신을 차릴 새도 없이 그들은 총총히 도구를 챙기고 현관문을 나서고 있었다. 무슨 일이든 팁이나 웃돈이 있어야 당연하다고 믿는 세상에서 그런 신세대가 있었다니 참으로 신선한 충격이 아닐 수 없었다. "잠깐만요. 아까 사인을 해 달라고 하셨죠?" 나는 그들을 불러 세웠다.

그리고는 겉봉에 '당신들은 참으로 멋진 일꾼들입니다' 라고 급히 쓴 두툼한 봉투 하나를 사인한 내 졸서에 끼워 넣는 것을 잊지 않았다.

새벽의 정경

오늘도 4시 30분에 집을 나섭니다. 아직 별들이 새벽을 기다리며 떨고 있는 어둠 속으로. 생명의 신비를 온 누리에 뿌리면서 깨어나는 아침을 보려고.

지난 겨울, 새벽기도를 시작한 후로 거의 매일 반복되는 일입니다. 새벽기도를 다닌다고 해도 남들처럼 훌륭한 행실과 튼튼한 믿음을 가졌다고 자랑할 것은 없습니다. 다만 어눌한 말로나마 그의 이름을 부르고 내 간구를 그에게 얘기하는 것뿐입니다.

계단 입구에 서서 잠겨 있는 어둠 속으로 얼굴을 내밀고 밤의 표정을 살펴보는 일이 버릇처럼 되었습니다. 싸늘한 공기의 반갑지 않은 애무에 촉각을 곤두세우고 어깨를 움츠립니다.

그러나 언제나 제 구실을 다 하는 가로등이 눈앞을 따뜻하게 비춰주고 있습니다. 그 빛에 힘을 얻어 차도 가까이로 발걸음을 옮깁니다. 나를 싣고 갈 교회 버스가 쉽게 발견할 수 있도록.

어느 날은 서로 시간을 맞추지 못해 이렇게 서 있다가 들어가기도 합니다. 오늘이 바로 그런 날인가 봅니다. 벌써 자동차의 불빛을 수없이 흘려 보냈는데도 차가 오지 않습니다.

어느 부부 이야기를 해야겠습니다.

매일 아침 그녀와 나는 이곳에서 마주칩니다. 언제나 내가 먼저이고 조금 있으면 그녀가 차도를 건너와 말없이 곁에 섭니다.(그 순간 우리는 서로의 존재에 큰 위안을 느낍니다.) 비가 억수같이 퍼붓는 날도 그랬고 안개가 끼어서 몇 미터 앞을 분간할 수 없는 날도 그랬습니다. 혼자 조용히 걸어와서 내가 서 있거나 앉아 있는 곳으로부터 서너 발자국 떨어져 말없이 서는 여인. 항상 그녀보다 내가 먼저 차를 타게 되어 그녀가 어느 교회에 나가는 여인인지 알 수 없으나 손에든 성경책을 보아 틀림없이 새벽기도를 하러 교회에 나가는 사람인지는 알 수 있습니다.

내가 이 여인에게 더욱 관심을 갖게 된 것은 그녀의 남편 때문입니다. 두말 할 것도 없이 남편이라고 짐작되는 남자가 건너편에 서 있습니다. 가볍게 근처를 달리기도 하고 맨손체조를 하면서 이쪽을 이따금 건너다봅니다. 처음에는 그저 새벽 운동을 다니는 사람이겠거니 했습니다. 그러나 지켜보니까 언제나 이 여인과 함께 걸어와서는 가볍게 대화를 나누다가 그 자리에 서곤 했습니다. 그런지 스무 날도 넘습니다.

아! 이런! 아직까지 한번도 나보다 앞서서 차를 타지 않던 여인이 떠나버렸습니다. 그녀의 남편은 그제서야 발길을 돌려 집으로 돌아가는가 봅니다. 어차피 달콤한 새벽잠을 떨치고 일어났으니까 함께 기도하러 가면 좋을 텐데 꼭 여기까지만 데려다 주고 가는 걸까. 어쨌건 참으로 정겨운 모습입니다.

나를 싣고 갈 교회 차는 오지 않을 모양입니다. 그러나 이대로도 좋습니다. 인도 입구에 차량이 들어오지 못하도록 세워둔 네 개의 둥근 기둥이 있습니다. 그곳에 편하게 걸터앉아 새벽이 깨어나는 것을 봅니다.

어둠을 쓸어내는 아저씨가 저기 있습니다. 리어카에 어둠의 찌꺼기들을 모아 담고 있습니다. 밤이 마구 버린 쓰레기들을 저렇게 쓸어내 주어야만 비로소 새 날이 오나 봅니다. 잔잔히 가라앉아 있던 밤이 푸석푸석 날리며 흩어집니다.

빗자루 소리를 신호로 신문배달을 하는 기특한 소년이 자전거를 타고 바쁘게 지나갑니다. 가까운 교회로 향하는 사람들이 많이 눈에 띕니다. 새벽에 이렇게 많은 사람들이 기도를 하러 다니는지 전에는 짐작도 하지 못했습니다.

내가 차를 타고 떠난 뒤의 이 거리는 어떤 모습일까를 생각했던 적이 있는데 오늘은 차가 오지 않는 바람에 거리의 모습과 기지개 펴는 아침을 봅니다. 내일도 여전히 쓰레기는 모아져서 청소차에 담기고 여인의 남편은 집으로 돌아가고 신문배달을 하는 소년이 자전거를 탈 것입니다.

내가 만일 오늘 세상을 떠난다 해도 세상은 이 모습 이대로 시시때때로 반복되며 흘러갈 것입니다.

아 참! 별 얘기를 잊을 뻔했습니다. 유난히 영롱한 별 하나가 아까부터 나를 지켜보고 있습니다. 푸르게 혼자 빛나는 그 별을 나는 새벽별이라 부릅니다. 내 어릴 적부터 보아왔던 정다운 별입니다.

항상 나만을 내려다보고 있다고 느껴지던 별.

그러나 오늘 근심과 걱정의 골짜기에서 바라다본 그 별은 어찌 그리 내게서 아득히 멀기만 한지…….

어느새 가로등이 모두 꺼졌습니다. 하늘이 여릿하게 열리면서 별들이 하나둘 사라져 갑니다.

오늘 비록 교회에 가지 못했어도 나는 또 하나의 새벽을 깨웠습니다.

개에 대한 기억

개에게 쫓기는 꿈을 꾸었다.

쫓기는 것으로 끝난 게 아니라 허겁지겁 도망치다 끝내 손목을 물린 것이다.

아주 기분이 어수선한 꿈이었다. 개꿈을 꾸면 재수가 없다는 말을 들은 적이 있어서 은근히 근심이 되기도 했다. 기독교 집안이라고, 그래서 미신 같은 얘기는 해당 될 리 없다고 스스로 위안을 해 보았지만 그 긴박하던 꿈속에서의 기억이 지워지지 않아 아침 내내 마음이 찜찜하고 안정이 되지 않았다.

창문을 열고 밖을 탐색했다. 불안한 날의 습관인 셈이다. 전날 밤부터 내린 때늦은 함박눈으로 인해 세상은 온통 하얀빛으로 평화로운 새 아침을 열고 있었다.

이런 아침, 마음이 뒤숭숭하지만 않았더라면 얼마나 꿈꾸기 좋은 아침인가. 아득한 유년의 뜰로 달려 가 눈밭 위를 뛰어 다니는 우리 집 강아지를 볼 수 있었을 테고, 고구마가 익어가는 아궁이에서 풍겨져 나오는 삭정이 타는 냄새를 맡을 수도 있었을 텐데. 그리고 오후엔 누구라도 청해서 눈 위에다 발자국을 찍으며 느긋하게 저 강둑을 따라 걸어 보리라 맘먹으며 집을 나설 수 있었을 텐데.

출근하면서 차를 몰고 나오지 않고 대중교통을 이용한 것까지는 좋았는데, 길이 생각보다도 더 미끄러워서 한 걸음씩 내딛을 때마다 밑창이 다 닳아빠진 헌 구두를 신고 나온 것을 후회해야 했다. '이렇게 무모할 수가' 하고 나 자신을 나무라듯 투덜거리며 넘어질 뻔한 위기를 간신히 모면하기를 수차례.

그렇게 아중리 창대 사거리를 지나다가, 봄부터 등록해서 운동을 해보리라고 맘먹었던 헬스클럽의 간판을 잠시 쳐다보았을 뿐이었다. 그런데 어이없이 미끄러져 넘어지는 바람에 오른팔이 골절되었다. 목적지의 건물이 눈에 보이고 익숙한 거리라고 방심을 한 탓이었을까.

6주 혹은 두세 달 동안이나 오른팔을 못 쓰게 되었다는 사실은 내게 아주 가혹한 재앙이 아닐 수 없었다. 하는 일이 손가락을 쓰지 않으면 안되는 일인데다가 원고 제출 시일이 훨씬 지나 편

집 주관자의 전화를 서너 번 씩이나 받은바 있는, 그래서 미안하기 짝이 없는 문예지에 속히 원고를 손질해 보내야 했기 때문이다. 그 뿐이랴, 먼 나라에 유학중인 아들아이가 출국을 며칠 앞두고 있어 맛있는 음식이라도 해 먹여 보내야 하는데 오히려 그 애에게 설거지를 시켜야 하다니.

팔이 다친 뒤에도 혼곤한 잠 속에서 여전히 나는 개에게 쫓기곤 했다. 실제 있었던 일들이 기억 속에서 생생히 걸어 나와 나를 덮치는 바람에, 진땀으로 온 몸이 흥건히 젖기 일쑤였다.

아주 오래전 어느 날 나는 어둠이 짙어 가는 진해의 어느 골목길을 혼자 걷고 있었다. 행인은 보이지 않고 전봇대 아래에 서너 마리의 덩치 큰 개들이 어슬렁거리고 있었다. 그곳을 아무렇지 않게 지나 갈 자신이 없었다. 나는 불안한 마음을 감추느라 그 자리에서 걸음을 멈추었다. 그 순간이었다. 개들의 귀가 일제히 일어서고 나를 향한 시선에 어떤 적의에 가까운듯한 경개심이 역력히 드러났다. 지극히 짧은 순간이었다. 그러다가 내가 움직이지 않으니 잠시 관심을 끄는 듯, 한 놈은 땅바닥에다 코를 대고 킁킁거리며 무언가를 찾고 있고 또 다른 두 놈은 사랑하는 사이라도 되는지 서로 몸을 비비며 장난을 하기 시작했다. 도망가기엔 아주 좋은 순간이었다.

그 막연한 공포심에서 놓여나려면 어서 빨리 그 자리를 벗어나야 할 일이었다. 죽을 힘을 다해 뛰기 시작했다. 그런데 어이없게도, 내가 뛰기 시작하니까 딴 청을 부리고 있던 개 한 마리가 "컹" 하고 짖으며 쫓아오기 시작했다. 그 소리를 신호로 조금 떨어진 곳에 있던 개들까지 합세해서 예닐곱 마리의 놈들이 지옥에서나 있을법한 소리들을 내 지르며 나를 쫓아오는 게 아닌가.

소란스러운 그 소리를 듣고 골목 끝집의 남자가 막대기를 들고 뛰어 나왔다. 그가 "이놈들!" 하고 소리치는 것을 들으며 나는 잠시 까무라치고 말았다. 만일 그때 그 남자가 성난 개들을 쫓아주지 않았더라면 어떻게 되었을까.

개는 여러 종류가 있다. 어떤 놈들은 애완용으로 사랑을 받으며 사람과 가장 가까이 지내는가하면 또 다른 쪽에선 저주의 대명사로 불리우며 천하게 취급받는 것도 사실이다.

나라와 나라끼리 으르릉 대는 곳에서는 서로의 국민을 향해 "야! 이 ○○의 개들!" 하고 독설을 퍼붓곤 한다는 것을, 소설을 통해 혹은 신문을 통해 접하곤 한다. 성경에도, 형식과 외식만 쫓는 율법 파 바리새인들이 하나님을 알지 못하는 나라의 이방인들을 향해 개라고 비하하는 이야기가 더러 등장한다. 교만하고 편견에 젖어 있던 예수의 제자들에 의해 개처럼 내 쫓길 위기에 처해 있던 이방의 가난한 여인은 이렇게 말한다. "맞습니다. 저는 개 같이 천한 이방사람이지요. 그러나 개들도 그 주인이 먹던 밥상에서 나오는 부스러기는 먹을 권리가 있습니다" 라고, 부끄럼 없이 울면서 외쳤다. 예수님은 여인을 불쌍히 여겨 어린 아기의 병을 낫게 해 주고 큰 축복을 내려 주었다는 이야기이다.

사람에 대해 나쁜 뜻으로 얘기 할 때마다, 그 많은 동물 중에 하필이면 왜 개일까? 만일 개에게도 지각이 있다면, 사람들이 서로 '개새끼' 라고 욕을 할 때마다 자기의 이름을 나쁘게 들먹이곤 하는 것에 대해 '내가 언제 그런 나쁜 사람을 낳았느냐' 고 거칠게 항의를 한다거나 비관이라도 해서 풀이 죽어야 마땅할 터이다.

그러나 역시 개는 개일 뿐이어서 자기를 해칠 능력이나 의사가 전혀 없는 나 같은 사람에게 까닭 없이 적의를 들어내는가 하면, 함부로 발로 차고 귀하게 여기지도 않는 주인에게 걸핏하면 꼬리를 흔들어대며 따라다니곤 한다. 어쩌면 지구상의 수많은 사람들이 자기의 새끼가 되곤 하는 것에 대해 터무니없는 우월감을 갖는지도 모를 일이다.

의리가 사람보다 한 수 위인 개도 드물지 않게 있다.

전북 임실군 오수에 가면 의견 기념비가 있다. 거기에 대한 전설은 다음과 같다.

지금으로부터 약 천 년 전 김개인이란 사람이 살았다. 그는 개

한 마리를 언제나 데리고 다녔다. 어느 장날 만취한 그가 개와 함께 집으로 돌아오던 중 그대로 잔디밭에 쓰러져 잠이 들고 말았다. 때마침 들불이 일어나 주인이 화마에 휩싸일 처지가 되었다. 개는 인근 저수지로 뛰어들어 제 몸에 물을 적시고 달려 와 주인에게 뿌리며 깨웠다. 술에 취해 잠이 깊이 든 그는 일어날 줄 모르고, 불은 그 사람을 곧 집어삼킬 듯 했다. 다급한 개는 그 행동을 수 없이 반복하여 끝내 주인을 구해내고 자신은 기진하여 죽고 말았다. 그 후 마을에서는 이 갸륵하고 의로운 개를 기념하여 비를 세웠다고 한다.

생각해보면 내게도 개에 대한 기억이 나쁜 것만 있는 게 아니다. 유년의 뜰에서 살살거리며 따라다니던 삽살개가 있다. 따스한 날들의 정경 속에서 나를 웃음 짓게 하던, 삼촌이 도그라고 부르던 우리 집 개.

개를 꿈에 보았다고 해서 팔이 골절되었다고 믿고 싶지는 않다. 내 일진이 사나운 날이었을 게다.

개와 화해하고 싶다. 무섭고 기분 나쁘고, 그래서 항상 불운을 몰고 다닌다고 생각되는 개는 내 잠재의식 속에서 속히 몰아 내버릴 일이다. 미담을 뿌리며 사람들과 동고동락 했던 개들을 내 꿈속에 자주 초대하는 것도 좋겠다.

그리하면 어린 날의 삽화 속에 언제나 들어 있는 나의 삽살개는 한결 부드러워진 내 표정을 보고 좋아라 꼬리치며 마당을 몇 바퀴라도 뜀박질하며 즐거워 할 것이다.

아름다운 손

노인의 주검을 보았다.

그는 창백하다 못해 파르스름한 얼굴로 영안실 시체 받침대에 누워 있었다. 사람이 저렇게 미동도 없이 누워 있을 수 있다니! 그가 이미 죽었다는 것을 모르진 않았지만 이미 무생물이 되어 버린 노인의 모습이 새삼 낯설었다.

지금까지 살아오는 동안 시신을 보았던 적이 없진 않았다. 그러나 그것은 아버지나 할머니의 경우였다. 가까운 사람의 주검이란 그 놀라움과 슬픔 때문에 차마 똑바로 주시해 볼 수 없는 것이 아니던가. 그래서 이토록 가까이서 별 감정 없이 주검을 대하는 일은 별로 없었다고 해도 과언이 아니다.

노인의 시신은 입관을 앞두고 있어서 가족들에게 마지막 확인을 시킨 후 그들의 참관하에 염습을 할 모양이었다.

그는 내가 다니는 교회의 신도였다. 중풍으로 몸의 왼쪽을 못 쓰게되어 지팡이에 의지하여 어렵게 한 걸음씩 떼어 놓을 수 있었다. 할멈도 앞서 세상을 떠난 뒤라 돌볼 사람이 없어 딱한 처지였다. 방안에서만 뭉기적거리며 구차한 하루하루를 살아야 했다. 하나 있는 아들은 교통사고를 당해 목발을 짚고 다니는 형편이니 하늘 아래 그렇게 기막힌 가정사가 또 있을까 싶었다.

그런 까닭에, 그 며느리 역시 고달파서 그녀로부터 살뜰한 관심과 보살핌을 바랄 처지가 아니었다. 날마다 구박에 가까운 대접을 받으며 서럽게 살아 온 노인이었다는 것이 그를 아는 사람들의 증언이었다.

그런 노인을 교회에서 전도하였고 영혼이라도 구원을 받아야 되겠다는 생각이 들었던지 그는 선뜻 교회에 발을 들여놓게 되었다. 그렇다고 해도 노인 스스로 교회에 올 수는 없는 일이어서 예배가 있는 날은 교회의 청년들이 그의 집을 방문하여 업어다가 교회에 앉혀드리곤 했다.

그는 하루종일 교회에서 지내다가 저녁때가 되면 청년들에게 업히고 차에 태워지는 수순을 밟아 집으로 돌아가곤 했다. 다행히도 교회에 나오고부터 병세가 조금씩 호전되어 지팡이를 짚고 걸을 수 있게 되었다.

그는 매우 위태로운 걸음걸이로 연습을 하고 있는 성가대 석을 돌아서 화장실에 다녀오거나 교회에서 무료로 제공하는 점심을 먹으러 식당으로 가곤 했다.

아직은 새파랗게 젊은 두 명의 청년이 노인의 양옆에서 염을 할 준비를 갖추었다. 그들은 묵묵히 가족들의 마지막 인사가 끝나기를 기다렸다. 가족은 단 두 사람. 노인을 그대로 닮아 얼굴이 잘 생긴 아들과 흰 상복을 입은 자그마한 키의 며느리가 전부인 듯 했다.

노인의 입관을 유가족과 함께 지켜봐 달라는 목사님의 부탁이 있어서 기꺼이 자원한 터였다. 마지막 예배를 드린 목사님 일행이 돌아간 후 영안실 주변이 너무나 적막했으므로 교우 서넛이서 입관 장소로 들어갔다.

시체실 내부를 들여다보았다. 약간의 떨림과 거북함이 없지 않았으나 그저 평범한 세상의 한 일상사를 관조하듯이 태연해지려고 애쓰며 냉동실에 들어 있을 시신의 숫자를 헤아려 보았다. 어제와 오늘 이 병원에서 세상을 떠난 사람이 네 사람이라는 병원 관계자의 말을 들었다. 층층으로 칸 질러진 냉동실엔 상주의 이름과 고인의 이름이 나란히 적힌 이름표들이 주욱 붙어 있었다.

뒤늦게 들어 와 어깨너머로 기웃거리던 친척인 듯한 노인이

"아이고, 나는 벌벌 떨려서 더는 못 보겠다." 하면서 울음 섞인 한숨을 내 쉬었다. 그녀는 사시나무처럼 몸을 떨고 있었다. 그의 아들인 듯한 남자가 재빨리 노인을 부축해서 나갔다.

그리고는 그뿐, 그 어떤 말도 피차간에 없이 그 어떤 탄식이나 호곡 소리도 없이 조용한 침묵이 잠시 흘렀다. 시신의 얼굴을 응시하고 있던 상주가 말없이 고개를 끄덕였다. 흰 가운을 입은 청년들을 향해 "이젠 됐어요" 하고 말했다.

그 말을 신호로 두 사람의 손이 부지런히 움직였다. 우선 시신의 얼굴을 덮었다. 소독 된 거즈로 손과 발을 닦은 후 발톱과 손톱을 깎아서 노란 삼베 주머니에 각각 넣었다. 그리고는 발가락과 손가락을 닦고 또 닦기를 거듭하며 온갖 정성을 다 들였다. 그 청년들은 장갑도 끼지 않은 맨 손으로 마치 갓난아기를 다루듯이, 아니 어쩌면 그보다 더 조심스럽게 시신을 이리저리 어루만지며 닦고 또 닦았다. 그러기를 한 시간 여. 그들은 일을 하다가 그 손으로 아무 거리낌없이 자신의 흘러내린 머리카락을 쓸어 올리기도 하고 손톱깎이를 꺼내느라 주머니에 손을 집어넣기도 하였다.

그들은 면도기를 찾아들더니 꼼꼼히 노인의 수염을 깎아 나갔다. 한 올의 수염도 남기지 않으려는지 얼굴을 시신 가까이 들이밀고 안면을 쓰다듬었다. 잠자리가 편안하도록 구겨진 옷은 바로 펴고 머리도 곱게 빗겨 주었다. 모든 순서가 마무리 된 듯 했다. 의식을 행하는 성직자처럼 엄숙한 표정으로 일을 진행하던 청년들이 시신을 가리키며 희미하게 웃었다. 노인은 금방이라도 기지개를 켜며 일어 날 듯이 상쾌해 보였다.

청년들이 유가족을 향해 입을 열었다. "자! 이제 관속으로 들어가실테니 마지막으로 한번 더 인사하시죠."

나는 소독약 때문인지 빨갛게 상기된 그들의 손을 보았다. 그 손은 정녕 세상에서 가장 아름다운 손이었다. 참으로 갸륵한 손길이었다. 그 청년들이 돈을 가치 기준의 우위에 두었더라면 아마 저런 자세가 나오지 못했을 거라고 나는 생각했다. 아마 모르면 몰라도 노인의 가정은 돈과 거리가 멀었을 테고, 그래서 특별한 서비스를 부탁했거나 하는 일은 없었을 테니까.

한번 저 일을 수행하는데 꽤나 두툼한 분량의 돈을 받아야 할 거라고 생각했다. 그만큼 남이 하기 싫어하는 힘 들고도 궂은 일이 바로 저 일이 아닐까 하는 생각이 들었기 때문이다.

내일이면 화장터에서 한줌의 재로 사라지고 말 가난한 노인을 저렇게 정성껏 씻겨드리고 단장시키는 청년들의 마음 속에는 분명 돈의 가치보다 더 귀한 그 무엇이 있을 것이었다.

이 가을 한 생명이 영면의 길로 떠났고 아름답고 갸륵한 청년들이 떠나는 그를 향해 손 흔들고 있었다.

울게 하소서

헨델의 오페라-리날도-중에 나오는 〈울게 하소서〉를 듣고 있다.

영화 파리넬리에 삽입된 곡이기도 하다. 바이브레이션이 안 들어 간 맑고 청아한 목소리의 카스트라토(거세 된 남자 소프라노 가수). 각자 지닌 기교와 높은 음역으로 트럼펫과 대결을 하여 끝내 이기고 말았다는 파리넬리의 열창이다. 잘 생긴 외모와 아름다운 목소리를 지난 파리넬리가 신의 모습으로 치장을 하고 무대에서 노래를 하면 여자들은 기절을 하고 남자들은 환호했다고 한다.

하지만 모든 여자에게서 사랑을 받으면서도 남성을 거세당한

열등감 때문에 그 누구에게도 사랑을 주지 못한다. 뛰어난 재능으로 찬사를 받으면서도 삶은 그리 행복했다고 말할 수 없는 주인공의 이야기가 눈물겹다.

그의 형 리카르도가 중병에 시달리는 동생 파리넬리를 위해 어쩔 수 없이 거세를 했다고 고백한다. 그러나 동생은 재능으로 인하여 엄청난 성공을 거두고 파리넬리를 뺏기지 않으려고 온갖 수단을 동원 한 것을 보면 고의적이었다는 의심도 해 볼 수 있다.

파리넬리의 음악을 감상하다보면 비슷한 이야기를 다룬 우리나라의 영화 한 편이 떠오른다.

딸을 실명시키면서까지 소리를 시키고자 했던 비정한 소리꾼 아버지 이야기다. 몇 해 전 우리나라 극장가를 뜨겁게 달구어 놓았던 영화 〈서편제〉.

한이나 원한을 극대화해서 표출하려는 듯 불타는 햇덩이가 상징적으로 자주 등장하던, 전편에 깔린 화면이 무척 아름답던 영화였다. 눈이 멀 것을 알면서도 아버지의 권유에 못 이겨 쓰디쓴 죽음의 잔을 들어야 했던, 그래서 끝내 실명을 하지 않으면 안 되었던 여인의 한에 맺힌 소리가 마침내 예술의 경지에 도달해 간다는 이야기였다. 도대체 무엇을 위한 희생이고 누구를 위한 예술이란 말인가.

그러나 현세의 우리는 그들의 삶에 대하여 함부로 왈가왈부 할 수 없다. 서양의 파리넬리와 우리나라의 서편제에 등장하는 주인공들이 하나같이 한에 기대어 인생을 살았다고 해도 과언이 아니다. 그러나 그들의 삶이, 세상 사람들은 단 한사람도 부러워할 수 없는 눈물과 왜곡으로 얼룩진 삶이었다 해도 예술의 전당을 기름지게 한 그 공로를 폄하까지 하는 잘못을 범할 사람은 아마 없을 것이다.

그들이 울게 하여 달라고 절규하는 소리가 들려오는 것 같다.

누군들 하나밖에 없는 청춘을 울면서 보내고 싶으랴 마는, 더는 어쩔 수 없는 앞날을 눈물의 힘으로나마 신에게 기대어 구원으로 이르기를 소망했음직도 하다.

매 순간마다, 감격이 지극할 때 터지는 구극의 언어가 절실했으리라 짐작된다. 원망을 풀 수 있는 것은 울음보다 더 빠른 것이 없는 까닭이다.

제3부

집으로 가는 길

하루 일을 끝내고 집에 돌아가는 사람들의 자동차 행렬. 그 빛의 찬란한 유희는 지친 사람들의 귀가를 축하하고 있는 것 같다.
안락한 휴식이 있고 평화가 숨쉬는 곳.
세상의 모든 공포와 분열로부터의 피난처이기도 한곳.
미아처럼 울면서 길을 헤맬 때나 절망하여 혼자 아플 때 따뜻한 위로의 등불 켜고 우리를 기다리던, 집이라고 하는 그곳.
저렇게 집으로 돌아오기 위해 사람들은 다시 집을 떠나곤 하는 것이다.

청춘의 이름으로

'청춘! 이는 듣기만 하여도 가슴 설레는 말이다.'

교과서에 나오던 「청춘 예찬」의 첫 대목이다.

꽃이 만발한 봄날과 같이 아름답고, 구름 하나 없는 가을 하늘처럼 푸른, 청춘이라는 말. 이 세상사람 누구나 한번은 반드시 누리되, 원하던 원치 않던 세월의 힘에 한번 밀려 나가면 다시는 돌아 갈 수 없는 인생의 앞마당.

서울의 지하철 충무로 역은 몹시 붐볐다. 쏟아져 나오는 학생들과 환승을 하려는 승객들로 대 혼잡을 이루었다. 나는 3호선으로 갈아타고 버스 시간에 늦지 않게 강남 고속터미널에 도착해야 했으므로 마음이 바빠 정신이 없을 지경이었다.

그런데 그런 나를 적잖게 애 태우는 사람들이 있었다. 한 쌍의 젊은 연인이었다. 그들은 줄곧 한 쪽 팔로 서로의 허리를 껴안고 남의 발걸음에 방해가 되는 것쯤은 아랑곳하지 않는다는 듯 속삭이며 걸어가고 있었다. 그들도 3호선을 탈 모양인지 내 앞을 가로막고 걸으며 비킬 생각을 하지 않는 것이었다. 참으로 무례한 젊은이들이구나 싶었다.

평소에 나는, 젊은 연인들이 어깨동무를 하거나 손을 꼭 잡고 걸어가는 모습을 보면 참으로 보기 좋은 모습이라고 생각했었다. 청춘이라는 프리미엄 때문에 꾸미지 않아도 어여쁜 그들이 아닌가. 그렇다고는 해도, 사람들이 붐비는 곳에서 남을 전혀 배려하지 않는 것까지 곱게 보일 리는 없었다.

우여곡절 끝에 가까스로 터미널 에스컬레이터에 발을 올려놓을 수가 있었다. 버스 시간에 늦지는 않을 것 같아서 다행이었다.

바로 그때였다. 반대편에 있는 하행 에스컬레이터에서 노인이 발을 잘못 디뎌 굴러 내리고 있는 게 아닌가. 재볼 것도 없는 위기의 순간이었다. 사람들은 소리를 지를 뿐 어떻게 해 볼 엄두를 내지 못하고 있었다. 노인은 난간을 잡아보려 했지만 잘 되지 않은 듯했다. 그대로 아래까지 굴러 간다면 목숨이 위태로울지도 모를 순간이었다.

그때 내 앞줄에서 반대편의 하행선으로 번개 같이 뛰어 건너는 젊은이가 있었다. 노인도 노인이지만 청년의 그 행동이 더 위험하고 아찔한 광경이었다. 그 사람이었다. 애인과 함께 내 길을 가로막아 뒤통수에 적잖은 눈총을 받던 그 청년이었던 것이다. 그는 노인을 재빨리 붙잡아 부축하여 아래편에 무사히 내려 주었다.

남을 전혀 배려하지 않는 듯한 요즘 젊은이지만 청춘의 본질은 살아 있어 위기에 처한 이웃을 위해 목숨까지도 내 던질 만한 용기 있었으니, 그 누가 그런 청춘을 향해 무능하다 하며 앞날이 없다 하랴. 그의 행동을 보면서 마음이 흐뭇하고 또 저으기 안심이 되기도 했다. 기성세대들에 의해 "요즘 아이들"이라는 말로 싸잡아서 버릇없고 가볍고 이기적이라고 폄하되기도 하는 청소년들이 아닌가.

생각해보면 지금의 장년층에게도 청춘이 없었던 것은 아니다. 분명히 기억하진 못해도 지금 청소년 못지 않게, 그 당시 기성세대에 의해 지탄받고 질책을 받았던 부분이 없잖아 있었다. 그럼에도 요즘 젊은이들의 모습을 보고 자꾸 눈살을 찌푸리게 되는 것은 지난 추억은 언제나 산뜻하고 좋았던 일만 불러다 주기 마련이므로 잘했던 일만 생각 날 뿐, 구비마다 헝클어 놓은 채로 건너 와버린 지난날의 잘못들은 죄 잊은 탓이리라.

나는 그 여자 친구에게 '정말 멋있는 남자'라 하더라는 말을 꼭 전해 줄 것을 당부했다. 그녀가 기쁜 듯이 활짝 웃었다.

어쩌면 그들은 오늘도, 붐비는 서울의 어느 지하철역이나 아니면 전주의 객사 근처를 사람들의 진행에 방해가 되는 것쯤은 내 알 바 아니라는 듯, 서로의 허리를 꼭 껴안고 느릿느릿 걷고 있을 런지도 모른다.

어느 훈장님의 나들이

부안에 갔었다.

전북문협 주최의 시화전이 열리고 있는 시립공원에는 반가운 얼굴들이 먼저 와서 땀을 식히고 있었다.

물러가는 여름과 돌아오는 가을이 하루의 절반씩을 차지하고 있는 듯한 9월 초순이었으므로, 밤에는 확연한 가을이다가도 한낮은 변함없는 여름이었다. 햇볕이 무척 따가웠다.

"여기에 와서야 만날 수가 있군요."라던지, "더 아름다워지셨군요." 아니 "선생님은 너무나 멋져지셨네요."라는 인사들을 나누느라고 수선을 떨다가, 파란 잔디밭에 영지버섯 같은 자태로 앉아 계시는 선생님을 보았다.

나라를 잃은 경술년에 태어나셔서 왜적들의 간교함과 무례함에 분노를 한으로 삭이면서도 오히려 더 굳건한 시의 세계를 구축해서 아흔이 넘으시도록 문인이기를 포기하지 않으신 선생님.

문단의 행사 때 가끔 뵙게 되는 선생님은 수많은 세월의 짐이 온 몸에 무겁게 매달려서 그런지 늙고 몹시 쇠잔한 모습으로 말없이 앉아 계시기 일쑤였다.

까마득하게 긴 세월을 먼저 사신 저분의 눈에 오늘의 우리 세대는 어떻게 비쳐질까 하는 염려로 그분 앞을 지날 때는 좀 더 조심을 하곤 했다. 그러나 그 뿐, 별다른 인연을 갖고 있지 못한 후배들에게 그다지 관심을 끄는 분은 아니었다.

작열하던 태양이 기울고 있었다. 일행은 부안읍내의 한 고풍스런 한식집으로 안내되었다. 대청에 앉아서 음식을 기다리는 동안 선생님을 가운데 두고 정담이 이어졌다.

그 때 한문을 전공한 J시인이 벽에 걸린 서예 한 점을 가리켰다. 흘림체로 매우 세련되게 씌어진 한시였는데, 내 눈엔 글자의 절반 정도는 말 그대로 검은 것은 글씨요, 흰 것은 종이일 뿐이었다. 한문을 잘 아는 J시인도 그 중 몇 자가 걸리는지 그걸 선생님께 묻는 것이다. 모두들 말없이 선생님의 얼굴을 주시했다.

'응 저건 무슨 무슨 자여' 라는 대답 정도를 기대했던 내게 들려오는 것은 TV에서나 보았던 옛 서당의 글 읽는 소리였다. 아니, 그것은 창을 하는 사람들에 의해 이따금 들어볼 수 있었던 시조창이었다. 선생님은 그렇게 곡조를 붙여서 끝까지 읽고 나더니 한 자 한 자를 알기 쉽게 해석해 주셨다. 그럴 때의 그분은 결코 늙고 쇠퇴한 노인이 아니었다. 두 눈은 반짝거리고 얼굴에 감도는 기운이 역력했다. 한 가지 학문에 심오한 지식을 갖고 있다는 것이 얼마나 그 사람을 돋보이게 하는지를 잘 알 수 있었다. 그분은 그 시간 행복해 보였고, 늙었다는 것이 아무 장애가 되지 않는 한 사람의 지식인일 뿐이었다.

이스라엘의 속담에 '노인을 모신 가정에는 길조가 있다' 라는 말이 있다. 그리고 그리스에는 '집에 노인이 안 계시면 빌려서라도 모셔라' 라는 격언도 있다고 한다.

전북의 문인들에게 작촌 선생님이 계시다는 것은 커다란 복이 아닐 수 없다고 생각했다.

돌아오는 버스 안에서 선생님과 나눈 대화로 인해 전주에 도착할 때까지 우리 일행은 유쾌하게 웃을 수 있었다.

"요즘 애들은 버릇이 없어. 없어도 너무 없다니까" 라는 선생님의 말씀을 받아 누군가가 "맞아요. 부모들도 아이들을 잘 꾸짖으려 하지 않아요." 라고 받았다.

선생님이 또 말씀하셨다. "나는 지금도 자식이 잘못하면 용서없이 혼찌검을 내주곤 하지. 며칠 전에 아들놈이 술에 취해 밤늦게 내 방에 들어와서는 혀 꼬부라진 소리를 하기에 혼을 내줬더니 얼굴을 못 들고 방에서 나가더라니까."

나는 그 말을 들으며 선생님의 아들을 생각했다. 내 아이들처럼 고등학교를 졸업하고 대학에 갓 들어갔을 거라고. 내가 생각하기에 혼이 나가도록 꾸중 들은 아들은 그 또래일 것이므로 선생님의 연세는 계산하지도 않은 채 순간적으로 그렇게 생각한 것이다.

그 때 J시인이 큰 소리로 물었다.

"선생님의 아드님이 올해 나이가 어떻게 되는데요?"

선생님은 뜸도 들이지 않고 대답했다.

"아, 그… 저… 올해 일흔 한 살이지."

우리는 다같이 웃음을 터뜨리고 말았다. 선생님도 같이 따라 웃으셨다. 아버지 앞에서 술에 취한 모습을 보인다고 "네 이놈!" 하고 호통치는 아흔 살이 넘은 아버지와 그 아버지 앞에서 아무 말 하지 못하고 쩔쩔매는 일흔 한 살의 아들.

아무리 생각해도 그것은 재미있는, 그리고 아름다운 광경이었다.

* 조병희 선생님은 제1회 〈전북의 어른상〉에 추대되어 2001년 9월 전북도 차원의 성대한 추대식을 가졌다.

아름다운 뒷모습

가야 할 때가 언제인가를

분명히 알고 가는 이의

뒷모습은 얼마나 아름다운가

봄 한철

격정을 인내한

나의 사랑은 지고 있다.

분분한 낙화

결별이 이룩하는

축복에 싸여

지금은 가야 할 때

― 이형기 「낙화」 중에서

꽃잎이 날리는 길섶을 지나며 사람의 뒷모습을 생각했다. 저처럼 아직 아름다운 채로, 저처럼 단호하게 떠날 수 있는 사람은 얼마나 될까. 축제같은 이 마을을 뒤로하고 새로운 바람이 불어올 또 다른 마을로 과감히 떠날 수 있는 사람은 몇이나 될까를.

기억에 남는 것 중에 사람의 어떤 모습이 가장 아름답더냐고 친구가 내게 물었다. 내가 아직 청춘이었다면 그녀에게 이렇게 대답했을 것이다.

사랑을 하는 소녀의 청순하고 부끄러운 뺨.

젖을 먹는 아기의 눈망울.

리더쉽 있는 남자의 땀방울.

그러나 이젠 꽃다운 나이도 빛나는 청춘도 아니어서인지 대답할 말이 곧 떠오르지 않았다.

케케묵은 영화 이야기나 해야 되겠다.

서부 영화의 묘미는 뭐니뭐니해도 나같이 단순한 사람들의 속단을 뒤집어버리는 마지막 장면일 것이다.

자욱한 먼지를 뒤로 남긴 채 말을 달려가는 주인공을 본다. 그는 가장 절박한 순간에 홀연히 나타나 악당들을 물리친다. 사람들을 함부로 죽이고 괴롭히던 패거리들은 안간힘을 다해서 대응해 보지만 역부족이다. 단호하고 매정하도록 그들을 응징하는 주인공에게 사람들은 아낌없는 박수를 보낸다. 시달림에서 해방된 사람들은 그가 그들의 지도자로 남아주기를 희망한다. 아무 거부감도 없이 그리한다.

그 시점에 이르렀을 때 한국사람인 나는 이렇게 속단한다. 이제 그는 그 곳에서 높은 벼슬을 하고 권세를 누리게 될 거라고.

그러나 그는 유유히 떠나버린다. 둘러선 사람들을 향해 '싱긋' 웃음을 날린 뒤 손가락을 펴서 잠시 들어 보이고는 성큼성큼 걸어서, 혹은 말을 타고 떠나버린다. 그의 모습이 기다랗게 끝 간 데 없는 길로 사라져 버리면 그제서야 사람들은 아쉬운 발걸음을 돌린다.

자신의 할 일에만 의미를 둘 뿐, 얻을 수 있는 보상에는 아무 관심이 없는 떠돌이 총잡이의 뒷모습이 오래오래 감동 속에 남는다.

그러나 우리가 간과해서는 안될 것은 정의가 필요한 곳이라면 총잡이는 다시 돌아와야 하고 바로 잡아야 할 정치가 있다면 떠났던 정객도 돌아와야만 한다는 것이다.—어려움 속에서도 굳세게 서서 양심에 어긋나지 않도록 진지하게 살았었다는 평을 받을 만한 사람의 떠나는 모습은 정녕 아름다울지니…….

꽃이 지는 것을 보며 연민을 느끼는 것은 햇빛 아래 불태우던

삶과, 사랑의 열정을 거두어 들여야만 하는 그 처연한 단념이 애처로운 때문이고, 날아가는 철새들의 날개짓이 아름다운 것은, 끝없는 자유의 꿈과 쉼 없는 희망의 노래를 내게 가르쳐주었음이다.

가야 할 때, 떠나야 할 때, 그것을 잘 깨달아야 하는 것만큼 쉽고도 어려운 일이 또 어디에 있을까.

'결별이 이룩하는 축복에 싸여' 아름답게 떠나가는 총잡이와 정객과 꽃과 새같은 사람이 있다면 그에게 달려가 마음의 꽃다발을 안겨 주고 싶다.

집으로 가는 길

완주군 봉동읍에는 아주 좁다란 강이 흐른다. 사람들 더러는 그곳을 개천이라고 부른다.

그 강을 가로지르는 아주 좁다란 다리가 하나 있다. 많은 차량이 쉴 새 없이 드나드는 마그네 다리라고 이름 붙은 다리와 고산으로 바로 빠지는 또 다른 다리의 중간쯤에 난간도 없이 아주 낡은 다리. 자동차도 다니지 않고 지나는 사람도 많지 않아 무척 호젓한 길이다. 천변 둔치에는 무릎까지 자란 갈대의 싱싱한 잎사귀와 지천으로 피어있는 여름 풀꽃들이 나를 미소 짓게 한다. 그 반기는 모습이 좋아서 이따금 하릴없이 그곳을 지나곤 한다.

때론 천변에 자리 잡고 앉아서 산그늘이 앞산 봉우리로 올라가는 것을 본다. 그 그늘이 온 세상을 뒤덮기 시작하면 생각난다는 듯 아파트 단지의 전등불이 하나둘 켜지기 시작한다. 보금자리를 찾는 새들의 날개 짓이 아름답다. 하루 일을 끝내고 집에 돌아가는 사람들의 자동차 행렬. 그 빛의 찬란한 유희는 지친 사람들의 귀가를 축하하고 있는 것 같다.

안락한 휴식이 있고 평화가 숨쉬는 곳.

세상의 모든 공포와 분열로부터의 피난처이기도 한곳.

미아처럼 울면서 길을 헤맬 때나 절망하여 혼자 아플 때 따뜻한 위로의 등불 켜고 우리를 기다리던, 집이라고 하는 그곳.

저렇게 집으로 돌아오기 위해 사람들은 다시 집을 떠나곤 하는 것이다.

십 수년을 살던 전주 시내를 벗어나 전원 속으로 이사와서 네 번째의 여름을 보내고 있다. 처음 얼마동안은 서툰 풍광이 황량하기만 했다. 주변의 논과 밭이 어스름 속으로 숨어드는 걸 보았을 때, 그래서 그리운 것들이 선명하게 되살아날 때마다 까닭없이 초조하고 우울해지곤 했다. 마치 어느 시골이나 휴양지에서 잠시 머물고 있는 느낌이랄까. 속히 짐을 챙겨 집으로 돌아가야 한다고. 이곳은 내 집이 아니라고. 이처럼 낯설고 알 수 없는 바람만 휘감기는 곳이 내 집일리는 없다고.

그런데 선배 한 분도 그런 말을 했다. 그녀는 서울 시내에서 몇

십 년을 살다가 북한강이 내려다보이는 하남시의 새 아파트로 이사를 하였다. 그녀 역시 낯설음에서 오는 외로움 때문에 혼자 중얼거리기도 했다는 거였다. "이젠 집에 가야겠어. 그만 돌아가고 싶어."라고

단순히 건물만 가지고는 집이라고 부를 수 없는 모양이다. 집으로 가는 길이 있어야, 그래서 그 길에 정 들이고 그곳으로 걸어가야만 비로소 집이 되는 지도 모를 일이다.

얼마전 〈집으로〉라는 영화를 보았다. 어린 날의 향수에 젖게 하는 화면 속의 풍경들이 인상 깊었다. 관객들이 이 영화를 선호하고 호평하는 이유 중의 하나가 바로 친근하고도 소박한 소재를 통해서 나 자신을 발견하고 마침내 나도 영화 속의 출연자가 되는 그 이끌림 때문 일 것이다. 영화 속의 할머니가 내 할머니였고 버릇없고 이기적인 손자는 바로 나 자신일 터였다.

발붙일 곳이 없이 막막하기만 하는 젊은 이혼녀. 그 엄마가 아이를 맡길만한 곳은 깊은 산골 외딴 오두막집. 하루에 서너 번 다닐까 말까 한 버스를 타고 가서 또 한참을 걸어 올라가는 친정어머니네 집. 허리가 기역자모양으로 굽은 어머니는 귀먹고 말 못하는 칠순 노인.

〈집으로〉라는 제목을 통해서 감독이 관객들에게 말하고 싶었던 것은 무엇일까?

성난 소에 쫓겨다니다가 상처가 나고 흙투성이 얼굴로 울면서

할머니 집으로 주춤 주춤 돌아오는 손자. 도도하고 괴팍한 녀석이 그토록 무시하고 골탕먹였던 할머니가 그 순간은 유일한 피난처인 것이었다.

사람은 함께 살면 정이 들게 마련인지 그토록 이질적인 할머니와 손자가 차츰 서로를 이해하고 사랑하게 되었다. 눈이 어둔 할머니를 위해 바늘이란 바늘은 모두 찾아내 실을 꿰어 두고 서툰 글씨로 편지도 쓰기에 이르렀다.

손자가 엄마 따라 도시로 떠나던 날, 멀어지는 버스를 향해 손을 흔들고 섰던 노인의 쓸쓸한 눈빛을 잊을 수 없다.

노인은 집을 향해 돌아선다. 꼬불꼬불한 자갈 투성이 비탈길을 지팡이에 의지한 채 느릿느릿 올라가는 모습을 오래 보여주고 영화는 끝났다.

할머니가 집으로 가는 것이다. 그 언덕길만큼 노인이 살아 온 길은 필경 가파르고 고달팠을 게다. 그러나 세상의 인연도 곁에 남아주지 않았으며 떠들썩한 문명의 소식 듣지 못한다해도 다 쓰러져 가는 오두막집은 그 노인의 궁궐이요 성일 것이었다.

이 세상의 고독이란 징후는 모두 갖춘 할머니. 그 할머니가 유일하게 행복을 느낄 때가 있다면 그것은 바로 그 오두막을 향해 올라갈 때일 것이라고 단정지어 보았다.

혼자서 세상에 나와 혼자 떠나야 할 우리들, 자기만의 성안에서 마침내 주인공이 되는 할머니 그리고 나와 세상 사람들.

시내에 나가서 지인들을 만나거나 축제마당을 기웃거리는 일들은 즐거운 일이다. 할 수만 있다면 날마다 그런 시간을 갖고 싶기도 하다. 그러나 나는 언제부턴가 유쾌한 잔치마당에서 내 안의 흥을 지피기보다는 타오르는 불을 끄듯, 돋아 오르는 흥의 싹을 베어버리는 습관이 생겼다. 내 의식이 그 분위기에 익숙해 갈수록 나에게 이르곤 한다.

이제 그만 집으로 가야해.

생각해보면 내가 속해 있던 그 자리가 거북해서도 아니었고 견디기 힘들만큼 돌아서고 싶은 자리는 더더욱 아니었던 것을 기억한다. 아무런 까닭도 없이 아쉽게 늘 돌아서서 오곤 했다.

집으로 오는 길.

넉넉한 들판을 달려 강가에 서면 웃음 같은 풀꽃이 나를 반기고, 소박한 다리 아래로 돌돌거리며 낮게 흐르는 물의 정겨운 음성이 있다. 비로소 자유를 얻었음을 느낀다. 이 세상의 주인공이 되어 탁 트인 하늘 밑을 걸어가는 나를 아주 그럴 듯하게 비쳐주는 강.

그곳을 사람들은 만경강 상류라고도 한다.

그 길은 집으로 가는 길이다.

그들의 이방인 되어

저녁이 되어서야 그 산문山門에 들어섰다. 주위는 어둠에 잠기고 고찰의 기와지붕만 희미한 하늘에다 뚜렷이 그 윤곽을 그리고 있었다.

순천 선암사. 사계절 쉬지 않고 꽃이 핀다는, 아름답기 그지없다고 소문난 고찰. 절 문을 들어설 때 훅하고 코 속을 건드리는 특유의 향냄새가 조금은 거북했다.

내 처음으로 산사에서 하룻밤을 묵게 되었다. 어려서부터 지금까지 줄곧 기독교 신자였던 나였기에 절에서 잠 잘 기회를 한 번도 잡을 수 없었다. 때마침 다음 날 순천에서 있을 '현수회(현대문학 수필 작가회) 2003년 봄 대회' 에 참가하기 위한 전야제인 셈이었다. 서울에 살고 있는 조설우 회원의 제안에 흔쾌히 응한 것이다. 그녀의 남편은 서울에서 아주 비중있는 스님이라고 들었다.

순천에는 서울에서 버스편으로 출발한 조설우 이부림 회원이 먼저 도착해 있었다. 내려오는 길에 5중 추돌사고가 있어서 크게 놀란 모양이었다. 안전띠를 매고 있지 않았던 이부림 선생이 운전석 옆으로 구르는 바람에 충격을 받아 아직도 정신이 몽롱한 듯했다.

대학 졸업 후 한때 아나운서의 길을 걷기도 했다는 그녀. 유난히 목소리가 좋고 유머 감각이 풍부하던 인생의 선배가 힘없이 앉아 있는 모습이 무척이나 안쓰러워 보였다. 그녀를 서둘러 병원에 데려가야 했다. 검사를 하고 X레이 사진을 찍었는데, 다행히도 결과는 별 이상증세가 없다는 것이다. 버스의 문짝이 찌그러져 외부의 구조대가 문을 뜯어내고서야 겨우 빠져나왔다는데 별 이상이 없다고 하니 참으로 다행이었다. 일단은 일정을 중단하지 않아도 되었다.

독실한 불교 신자인 두 사람이 진심으로 부처님의 은혜에 감사하고 있다는 걸 나는 어렵지 않게 눈치챌 수 있었다. 선암사에 가는 길이어서 부처님이 도와주신 것 같다고 몇 번이나 말하였기 때문이다. 기독교 신자였다면 아마 이랬을지도 모른다. 하나님이 그래도 나를 사랑하셔서 손 끝 하나 다치지 않게 지켜주셨다고……. 그도 저도 아닌 무신론자이거나 운명론자라면 그런 말들에 실소를 금치 못하면서 이렇게 한마디라도 거들 것이다. 죽을 운명이 아니어서 살아 있는 것이지 신이 있긴 어디 있느냐고.

순천까지 승용차를 가지고 마중 나온 비구니 성인스님이 어두워진 선암사 별채로 우리를 안내했다. 그리고는 '향수혜례'로 행해지는 3시에 있을 새벽 예불을 경험해 보는 것이 좋을 거라고 소개했다. 그녀의 말을 빌면 선암사의 새벽 예불은 태고종에서만 행해지는 아주 특별한 것이어서 우리나라 어느 사찰에서도 흔히 볼 수 없는 것이라 했다. 5시 30분에 시작된다는 아침 공양에도 늦지 말 것을 당부한 후, 나에게는 특별히, 참석하고 싶지 않다면 새벽 예불에 안나와도 되니 자유롭게 하라고 말을 하는 것이 아닌가. 벌써 두 사람 중 누가 귀뜸을 했던지, 아니면 내 모습에 기독교인의 모습이 스며있어 그녀가 눈치챈 모양이었다.

그러나 스님의 도량 넓은 배려의 말에도 아랑곳없이 나는 종교의 의식과는 무관하게 그 예불을 경험해보리라 마음먹었다.

비구니들만 거쳐한다는 뒷산 암자로 총총히 올라가는 스님의 등뒤에다 대고 우문愚問을 던져보았다. 이 산 속에서 살아가기엔 너무 고우신 것 같습니다. 때로 외로우시지는 않으셨나요? 그녀는 조금도 망설이지 않고 이렇게 대답했다.

"아니오, 조금도 외롭지 않습니다. 저는 숲길을 걷는 것을 아주 좋아합니다. 아침 저녁으로, 사시사철 풀이 자라고 꽃이 피었다 지는 것을 살피고 느끼는 것만으로 시간이 어떻게 가는 줄을 모르고 지냅니다. 거기다가 새들은 또 얼마나 아름답게 노래합니까. 도무지 외로울 틈이 없어요."

어찌 보면 참으로 부러운, 탐 할 세상일이 없으므로 온전히 마음이 부자인 그녀였다.

도량석 소리에 달디단 잠에서 깨었다. 새벽 두 시 삼십 분.

열려있는 창문을 열고, 목탁을 두드리며 지나가는 두 분 스님의 엄숙해 뵈는 뒷모습을 넘겨다보았다. 사찰의 구석구석을 돌며 만물을 깨우는 의식이라 한다. 3시에 있을 새벽 예불을 참가하려면 자리를 박차고 일어나야 했다. 넓은 마당을 가로질러 아래채 귀퉁이에 있는 수도간으로 가서 세수를 하고 옷매무새를 다듬었다.

가사장삼을 걸친 몇 십명의 스님들이 좌정한 대웅전 법당 안은 경건하면서도 위엄이 서려 있어 장엄했다. 드디어 향수혜례의 염불이 시작되었다. 그것은 염불이라기보다는 아주 잘 훈련된 남성 합창이었고 웅장하게 퍼져나가는 영혼의 울림이었다. 스님들과 신도들은 염불과 함께 반복해서 불상 앞에 절을 하였다. 나는 붉은 빛이 주조를 이룬 법당 안의 빛깔과 수십명이나 도열해 있는 스님들의 분위기에 압도되어 알 수 없는 두려운 마음도 들었기에 가장 구석진 자리에 숨죽이고 엎드려 있었다.

절을 해야 할 때 절하지 않고 합장해야 할 때 합장하지 않은 이방인을 스님들이 혹시 눈여겨보고 나무라지 않을까 하는 생각도 안 드는 것이 아니었다. 그 분위기와 의식에 순응할 생각이 아니었다면 애초에 그 자리에 참석하지 말았어야 했을지도 모른다. 그래서 미안한 마음도 들었다. 슬쩍 고개를 들고 살펴보곤 했는데 다행히도 나를 신경 쓰는 사람은 없었다.

나는 쭈그리고 앉아서 바리톤과 테너로 구분되는 웅장한 남성 합창이 새벽 하늘을 가르고, 저 하늘 구만리 끝이라고 불러도 좋을 사람들의 마음로 흘러가는 걸 듣고 있었다.

아마도 이 새벽에 열려있는 귀들은 제각각 다를 것이어서, 어떤 이에겐 인생의 허무를, 어떤 이에겐 사랑의 슬픔이거나 사랑의 기쁨을, 그리고 깨달음의 환희를 새삼 느끼게도 할 것이었다.

새벽 예불이 끝나고 모든 스님들이 법당 안을 빠져나갔을 때에야 고개를 들고 주위를 살펴볼 수 있었다. 어려서부터 지금까지, 절 문을 들어설 때 느끼곤 하던 막연한 두려움과 거부감이 한층 엷어졌음을 느꼈다. 다만 이 새벽에 그들은 부처님을, 그들의 이방인이 된 나는 습관대로 하나님을 불렀을 뿐이다.

공양이라 부르는 아침밥을 먹고 나니 희부옇게 하늘이 밝아오고 있었다. 숲이 깨어나기 시작하여 수런거리고 부지런한 새들도 노래하기 시작했다. 숲길에 접어드니 비로소 내 말문이 트였다. 아름답고 싱그러운 이 아침을 내게 보여주시려고 신은 아주 오래 전부터 계획하고 계셨던 게라고.

마음을 사진 찍다

사람의 마음을 찍는 사진기는 어디 없을까.

놀라운 과학의 발전 속에서 생각지도 못한 것들이 속속 나타났듯이. 어느날 TV뉴스시간을 떠들썩하게 장식할 특별한 사진기에 관한 소식도 없으란 법은 없지 않을까 싶다.

'마음의 괴로움은 육체의 고통보다 더 견디기 힘들다.' 라는 말이 어느 격언집에 있었다. 굳이 옛사람의 말을 빌리지 않더라도 육신의 병 못지 않게 마음의 병 또한 아프고 괴롭다는 것을 익히 알고 있다.

육신이 병이 들었을 때 병원에 가서 X레이 사진을 찍고 CT촬영을 해서 뱃속의 장기를 들여다보거나 뼈를 진단하듯이 마음을 찍을 수 있다면 편리할 것이다. 마음속의 상태에 알맞는 진단을 내리고 처방을 하여 하루하루를 슬프게 보내거나 죽음으로 접어드는 병을 치료할 수 있을 테니까.

또 사랑하는 사람들에게 그런 사진기가 있다면 더 없이 좋을 것 같다. 두근거림과 설레임 그리고 그리움의 감정까지 잘 드러나 있는 사진 한 장을 선물로 주고 받는다면 행복은 배가 될 것이다.

그러나 또 한편으로는 그런 사진기가 결코 유익하지만은 않을 것이라는 것도 부정 할수는 없다. 사람의 마음을 속속들이 안다는 것 때문에 괴로운 일도 적지 않을게라는 것이다.

L.비트겐슈타인은 그의 저서 『반철학적 단장斷章』에서 이렇게 말했다. '우리는 남에게 내 속마음을 보이고 싶지 않다. 인간의 마음이란 결코 아름답게만 보이지 않기 때문이다.' 라고.

그도 그럴 것이, 몰랐으면 좋았을 상대방의 마음을 알게 되는 경우 심각한 후유증이 발생할 것은 자명한 일이다. 때론 미움과 실망이 마음의 평화를 깨뜨리고 아주 원수가 되는 일도 비일비재 할 것이니 그런 재앙이 또 어디 있을까.

어쨌거나, 마음을 사진 찍는다는 것은 흥미로운 일이다. 나치 시절 사람의 마음을 찍는 실험을 실제로 했다는 이야기가 있다.

어느날 히틀러가 부하에게 명령했다. 사람의 마음을 찍는 실험을 하라고. 공포와 체념으로 시시각각 변해가는 사람의 마음속을 기록하라고.

부하는 즉각 실험팀을 구성했다. 아우슈비츠 수용소로 장소를 정하고 오직 유태인이라는 이유로 끌려 와 있던 남자 한 명을 실험 대상으로 선택했다. 그들은 그를 독방에 가두었다. 그러고는 아침과 저녁 매일 두 차례씩. 단두대가 보이는 창가로 데려가서 그 단두대를 가리키며 말했다. "너는 돌아오는 ○월 ○일 ○시에 저 단두대에서 목이 잘려 죽을 것이다. 으하하하." 자못 유쾌하다는 듯이 웃어 제끼는 간수를 보며 유태인은 소름이 끼치는 공포심을 맛보아야 했다. 간수는 매일 똑같은 시간에 똑같은 말로 그렇게 하곤 돌아갔다. 그러기를 꼬박 석 달.

그날이 왔다. 유태인은 단두대 앞으로 끌려나갔다. 목이 들어갈 열 개의 구멍과 그 위에 설치된 날이 선 칼날들. 아홉 명의 죄수(?)들과 함께 맨 끄트머리에 유태인도 세워졌다. 그들은 이미 넋이 나간 듯 얼굴은 백지장 같고 몸은 가눌 수 없을 만큼 심히 떨렸다.

담당자들이 죄수들을 엎드리게 하고 목을 구멍에 밀어 넣었다. 유태인에게도 그렇게 했다. 사진을 찍는 사람들이 우루루 달려들어 플래시를 터트렸다. 얼굴 표정에 나타난 공포심을 놓치지 않으려는 듯 그의 미세한 움직임에도 촉각을 곤두세웠다.

드디어 형집행관의 신호가 떨어졌다. 칼날이 내려 꽂혔다. 죄수들의 목이 뎅겅뎅겅 잘려 나갔다. 유태인은 눈을 감았다. 그때 기적 같은 일이 일어났다.

유태인의 목을 겨냥하고 맹렬하게 내려오던 칼날이 10㎝를 남겨두고 멎어버린 것이다. 집행부 측에서 그렇게 조치한 것이었다. 최악의 공포심과 석 달간의 암시를 통해 변해 가는 심리 상태를 연구하려 한 것일 뿐 죽일 필요는 없다고 생각했던지 아니면 또 다른 실험을 위해 살려 두려는 것인지 형을 중지시킨 거였다. 유태인은 기절이라도 하였는지 꿈쩍도 하지 않았다. 그들은 후레쉬를 터트리며 카메라를 가까이 들이밀었다. 검시관이 다가가 그의 가슴을 만져 보았다. 맥박을 짚어보고 숨을 쉬는지의 여부도 살폈다. 놀랍게도 그는 죽어 있었다. 날마다 죽을 것이라는 암시를 받았던 까닭에 그는 자기가 죽을 것이라는 걸 추호도 의심하지 않았을 테고 그 상황에서 스스로 죽어버린 것이었다.

아마 모르면 몰라도 그의 죽은 얼굴에는 극도의 공포와 불안과 초조함이, 그리고 삶에 대한 갈망과 체념이 그대로 각인되어 있었으리라 짐작된다. 얼굴은 마음의 거울이기도 하므로.

엄밀히 말해서 마음은 피사체가 아니므로 무슨 기적 같은 일이 일어나지 않는 한 사진을 찍을 수는 없을 것이다. 다만 얼굴에 나타난 한 조각의 마음을 순간적으로 포착할 수는 있다.

나에게는 실제의 내 모습보다 훨씬 더 좋아 보이는 사진이 있다. 사진사의 주문에 따라 활짝 웃었을 뿐인데 아무 근심 걱정이 없이 유쾌한 표정이다. 그 순간 내가 숨쉬었던 하늘이 구름 한 점 없이 맑아 있었기라도 한 듯이 마음 편해지도록 환한 웃음이다. 지나가 버린 나의 한 순간이 사진으로 남아있어 기쁘다. 사람들은 이 사진을 통해 밝은 순간의 내 마음만 짐작할 것이다.

대부분의 시간을 이런 웃음과는 거리를 둔 채 살아가는데 그런 모습을 들키지 않아서 다행이다.

아주 한 순간 편안한 마음으로 웃으면, 즐거운 일 한가지만 생각하고 있으면 그 순간 그 마음을 기록으로 남겨주는 카메라가 있는 세상.

사진을 찍는다는 것은 참으로 의미있는 일이다.

그녀의 우편함

그녀가 피살되었다. 그 사건은 참으로 놀랍고도 충격적인 것이었다. 서른 한 살이라면 아직은 꽃다운 나이가 아닌가. 그 아까운 나이에, 병이 들어서도 아니고 사고를 당한것도 아니고 자결을 한 것도 아닌, 타살로 생을 마감했다는 것이었다.

그녀의 집은 내가 사는 용진 대영아파트의 같은 라인 2층이다. 엘리베이터를 타려고 입구에 들어서면서 고개를 들면 계단 위로 그녀의 집 현관문이 보인다.

사건이 난 후 그 집 앞에는 경찰서에서 나와 폴리스 라인을 쳐 놓았다. 그 줄에는 〈출입금지〉라고 단호하게 써 놓은 비닐 조각들이 일정한 간격으로 스무개쯤 매달려 있었다. 저녁에 눈에 띄는 그것들은 섬뜩해서 몸에 소름이 돋곤 했다.

애써 고개를 숙이고 아파트 입구에 들어서면 그 위에 누가 꼭 서있는 것만 같아 그 쪽을 자꾸 쳐다보게 되더라고, 현관문으로 뛰어들어 온 딸아이가 가슴을 쓸어내렸다. 만일 2층에 엘리베이터가 멈춰서 움직이지 않는다면 어떻게 해야 할까 하고 생각하니 머리카락이 위로 솟구치는 것 같았다고도 했다.

나는 짐짓 실소를 터뜨리며, 별 희한한 상상을 다 한다고 가볍게 꾸짖었지만 내 심정도 그보다 더 했으면 더 했지 덜하지 않으니 어찌하랴.

너무나 멀고 깜깜한, 그래서 아무리 애써서 머리를 짜내도 우리가 알 수 없는 저 세상이기에 그 세상으로 간 사람들에 대한 우리의 이해도 매우 어둡고 편협적인 것일 수밖에 없다. 더군다나 불길한 뒷말을 남기고 세상을 떠난 사람임에랴.

같은 라인에 살았다고 해도 아파트 입구에서건 계단에서건 그녀와 마주치는 일은 별로 없었다.

굳이 인연을 들춰내자면, 그녀가 지난 1월부터 2월까지 두 달 동안 우리 학원에 피아노 교습을 받으러 다녔었다는 것이다. 가냘픈 몸매에 생 커트머리, 그리고 앳된 얼굴이어서 아가씨 같기만 한데, 유치원에 다니는 아들이 있다고 했다. 이사온 지 두 달이 되었다는 그녀는 학원에 다니는 동안 피아노를 사겠다고 안내를 부탁해서 피아노사에 전화를 연결해 주었고, 그렇게 산 피아노를 이따금 띵똥거리는 소리가 들렸다.

어느날은 또 유치원에 다니는 아이가 졸업식에서 인사말을 하게 되었다고 자랑하며 무엇을 입히면 좋겠느냐고 내 의견을 물었다. 그것도 물론 전화를 통해서다. 그녀는 학원에서 피아노를 배우는 동안에는 아무 말없이 열심히 연습하다가 할 말이 있으면 집에서 전화로 하는 버릇이 있었다.

하얀 와이셔츠가 있으면 거기에다 빨간 나비넥타이를 매어주라는 나의 당부에 그렇게 하면 되는 걸 괜히 걱정했다며 좋아했다.

그 후 시간 내기가 힘들다고 학원을 그만 두었으므로 그녀를 볼 기회가 별로 없었다.

아파트가 새로 지어져 입주를 시작한 후로 이렇다할 이벤트나 친목 모임 같은 것도 없는 터였다. 그래서 주민들간에 서로 얼굴도 익히지 못했고 누가 어디에 사는지 무얼 하는지 잘 몰랐다. 그랬기에 그녀에 대해서도 아는 사람이 별로 없는 듯 했다.

사인을 조사하고 시신을 수습하느라고 경찰 요원들이 나와 있는 동안 아파트 광장에는 각종 메스컴의 취재 차량과, 여러 대의 경찰차와 앰뷸런스 등이 뒤엉켜 한마디로 난리가 이런 것이로구나 싶었다.

하필이면 내가 사는 아파트에서, 또 그것도 같은 라인에서 이런 일이 생겼을까 하면서, 나는 내 삶의 터전에 드리워진 어두운

장막을 안타까운 눈으로 바라보았다.

그렇지 않아도 전에 살던 곳에서 옮겨온 모든 것들이 아직 이곳에 튼튼히 뿌리내리지 못하여 비칠거리고 있는데, 그래서 솔직하게 말하면, 다시 이사라도 가고 싶은 심정인데.

처음엔 숨진 사람이 그나마 안면이 있는 그녀이라고는 짐작도 하지 못했다. 그도 그럴것이 외출해서 돌아오다 아파트 광장의 그 모든 광경을 목격했기 때문이다.

내가 들어갈 입구에 두 명의 경찰관이 보초를 서고 있었으므로 어수선한 사람들 틈에 끼어 망연자실하면서 있었다.

그런 내 등뒤에서 누군가가 그녀의 이름을 들먹였다. 사람들은 걱정스러운 표정으로 수근거렸다.

—남편이 목을 조르고 도망갔다는 군, 이곳에 아들 하나만 데리고 와 숨어 살았다는군, 그런데 돈이 많은지 4개월만에 승용차를 세 번이나 바꾸더래, 명함은 온통 영어로만 되어 있어, 무슨 무역회사에 다닌다고 하던 걸. 그것이 아닐거야 외국인들이 수시로 드나드는 걸 보았어도 무역회사에 다닌 것은 아닐거야. 행실이 좋지 않은 것 같았어.

나는 그녀가 한 때 우리 학원의 원생이었다고 해도 무엇을 하는지 어디에서 왔는지를 물어본 적이 없으므로 사람들의 이야기를 통해 듣는 그녀의 평가는 참으로 생소한 것이었다.

아무리 생각해도 행실이 안좋은 사람 같지는 않았는데 말이다.

지적으로 보였고 거기에다 수수한 차림이 무척 성실하게 보였는데, 열심히 연습을 하는 걸 보면서 그렇게 느꼈었는데. 항상 영자 신문 《코리아 헤럴드》를 들고 다녔고 영어도 꽤나 하는 것 같았는데……. 별거중인 남편에게 목 졸려 죽을 만큼 모질고 팔자 사나운 구석이 그녀에게 있었을까를 생각해 보느라고 내 머리를 복잡했다.

'불쌍하구나.' 내가 밤이면 외출을 꺼리는, 그래서 사소한 심부름도 하지 않으려 하는 아이에게 들려준 말은 그 말이었다. '설사 잘못이 있었다고 해도 억지로 죽었으니 아무튼 불쌍한거다.'

어느 날 폴리스 라인이 걷혀지고 그녀의 소꿉장 같은 세간이 실려나갔다. '그녀를 불쌍하다. 그녀는 아까운 나이에 세상을 떠났다. 생각날 때마다 명복을 빌어주자' 라고 식구들에게 되풀이해서 말하곤 했다. 그것은 바로 나 자신에게 하는 말이기도 했다.

시간이 가면 차츰 잊혀지게 마련이어선지 아니면 세상을 떠난 그녀가 친근감 혹은 고마움을 나타내느라고 마음에 평화를 가져다 준 것인지는 모르겠지만 사건 초기의 그 어두운 기분이 이젠 완전히 사라졌다.

그녀의 흔적은 이제 그녀의 집에도 없을 터였다.

그러나 그녀가 살았었다는 증거가 아직은 이 아파트에 남아있다. 드나들며 수시로 확인하곤 하는 우리 집 우편함 밑에 붙어있는 그녀의 우편함이다. 거기에는 몇 주간에 걸쳐 배달되어 온 영자 신문과 편지와 각종 고지서 등이 빼곡 차 있다. 꽂을 데가 모자라서 삐져 나오는 우편물들을 보면서, 나는 그녀의 우편함에 쪽지를 하나 붙일 궁리를 하고 있다. 우편배달원이 잘 알아볼 수 있도록, 그런데 그 쪽지에다 무슨 말을 적는게 좋을까를 생각중이다.

'오○○씨는 세상을 떠났으므로 우편물을 받아볼 수가 없으니 배달하지 마세요.' 이렇게 곧이곧대로 써야할까. 아니다. 아무래도 그것보다는 이렇게 쓰는게 더 좋을 것 같다. '오○○씨는 다른 곳으로 이사 갔음' 이라고.

어떤 체험

살아가는 것이 환상특급을 타는 이치와 같다고 생각될 때가 있다. 때로는 짜릿한 즐거움에 탄성을 지르기도 하고, 죽을 것 같은 두려움에 떨기도 하면서.

스릴 있게 달려나가는 환상특급이라는 놀이기구를 보면, 마치 돌팔매와 같아서 저대로 빙글빙글 돌다가 공중으로 사람들을 팔매질하면 어쩌나 하는 생각이 들곤 했다.

그런 끔찍한 생각 때문에 나는 물론이고 아이들도 그것을 탄다는 말을 아예 하지도 못하게 미리부터 예방을 해 온 터였다.

그러던 내가 지난 여름 자의 반 타의 반으로 그것을 타고 초주검이 된 일이 있다. 학원 수강생들을 데리고 여름 음악 캠프를 갔었다. 국내에서 제일이라는 놀이공원은 갖가지 꽃들이 피어서 아름다웠고 그림 같은 건물과 진기한 위락 시설이 어른 아이 모두를 들뜨게 하기에 충분한 것이었다.

그곳에 가서 놀이기구 탑승을 안하고 돌아올 수는 없는지라 마지막 날은 그것들을 타보기로 했다. 아마도 아이들이 가장 원하는 것은 딱딱한 공부가 아니라 그것들을 타고 노는 것일 터였다.

나는 아이들이, 공원 한 가운데서 그 위용을 자랑하고 있는 환상 특급을 타자고 할까봐 전전긍긍해야 했다. 비단 나 자신 뿐만 아니라 내가 인솔해 온 아이들이 그것을 타는 것조차도 아무렇기 않게 보아 넘길 자신이 없었다. 이런 나의 복잡한 심정에도 불구하고 아이들이 우선적으로 타보고 싶어하는 것은 바로 그 열차라는 것을 깨달아야 했다.

그곳 진행요원은 우리를 두 줄로 집합시켰다. 그리고는, 키가 120센티미터 이하이거나 노약자는 타지 말아야 한다고, 기절할 위험이 있다고 말했다. 뒤로 빠져 있던 나는 그 사람이 노약자라고 구분 지을까봐 앞으로 한 발짝 나갔다.

남들도 타는데 나라고 타지 못할까 하는 생각도 들었고 애들에게 너무 겁쟁이의 모습을 보이기가 싫어서다. 어렸을 적 아이들이 다람쥐처럼 오르내리던 나무 위를 단 한번도 올라가지 못하고 밑에서 쳐다보기만 했던 일들이 때론 후회스럽게 떠오르곤 했기 때문에 아이들에 대한 체면의 힘을 빌어 내 모험(?)의 역사를 다시 쓰고 싶은 것이었는지도 모르겠다.

어쨌거나 차례차례로 환상특급에 올라탔고 내가 타야 할 시간도 기어이 오고 말았다.

겁을 먹고 잔뜩 어두워져 있는 내 기분을 눈치 채고 아이들이 떠미는 바람에 꼼짝없이 좌석에 앉게 되었고 환상특급은 곧 출발하였다.

비록 수초 동안이지만, 그 무서운 죽음의 공포와 아득하도록 먼 세상과의 단절감이라니！ 뒤틀려서 어딘가로 끝없이 처박히다가 허공 속으로 한없이 곤두박질 치는 느낌, 그때 확실하게 인식되는 것은 바로 죽음이라는 단어였다. 가볍다면 가벼울 놀이기구의 체험을 감히 죽음의 체험에다 비교한다는 것은 무리라고 할 수 있을 것이다. 그러나 그럼에도 불구하고 그 시간은 내게 죽음같은 체험이었다. 나는 죽음을 밀쳐내려고 목이 터져라 비명을 질렀다.

그런 내 호들갑이 무색하게 열차는 곧 멈추었다. 창피한 것은 둘째였고 한참 동안이나 팔다리가 떨리고 정신이 제자리를 잡지 못하고 있었다.

'죽을지도 모른다. 죽을 것이다' 하는 생각은 누구도 하고싶지 않을 것이다. '개똥밭에 뒹굴어도 이승이 낫다' 라는 속어가 있다. 죽음에 대한 거부감의 표출이다. '죽음이란 그저 내딛어야 할 한 발짝 걸음이 아니라 추악하고 끔찍한 모험이다 라고 카뮈는 말했다. 그 끔찍한 모험 뒤에 밝고 영원한 세계가 정녕 있는 것일까. 그 나라에 가면 이 세상의 일들이 환상 특급을 타는 일만큼 지극히 짧은 것으로 기억되지 않을까?

진정 그곳을 알고 싶다.

아구찜 이야기

우리는 그녀를 요리사라고 불러. 하지만 그녀가 요리사라는 이름을 얻었다고 해도 모든 음식을 다 잘 만들 거라고 생각하면 그건 큰 오산이라는 점을 미리 말해 두겠어.

평소의 실력에 비해 아구찜 하나는 기가 막히게 만들어 낸다고 해서 주위 사람들이 붙여 준 이름일 뿐이야. 그녀가 젊은 새댁 시절에 만들어 놓은 음식을 먹어본 사람이 있다면 아마 그녀의 요리 솜씨가 얼마나 엉터리인가를 알 것이야. 직장에 다니느라고 밥 한 번 안 해보고 새댁이 된 터라 솜씨가 형편 없었더래.

그 무렵이야. 그녀가 아구를 만난 것은. 아구가 무엇인지를 통 모르겠다는 표정이군. 그럴 것이야. 이북에서 내려온 부모님에게서 태어나 서울에서 죽 성장해 온 너로서는 그런 이름을 알 리가 없지. 어느 연속극에 등장하는 여인의 '떡 사세요'를 '똑 사세요'라고 틀리게 말하고, 그 예쁜 입술을 손으로 살짝 가리며 '어머어머 웬 일이니?'를 연발하던 네가 아구를 알 리가 없지. 아마 그것을 전부터 알았다고 해도 너는 그것을 아구라고 부르지 않고 '아귀'라고 불렀을 것이야. 왜냐하면 너는 표준말 아니면 상대를 하지 않는 사람이니까. 아무튼 '아구'는 '아귀'의 경상도 방언이라는 점만 알아 둬.

아구는 '아귀'과에 속하는 바다 물고기야. 몸은 길이가 대략 60㎝가량 되고 머리 폭이 터무니없이 넓은 데다 입은 어찌나 큰지 놀랄 지경이야.

아래턱이 위턱보다 길고 상하 양턱에는 날카로운 대소 부동의 이가 밀생되어서 어찌보면 무시무시하게 보이지. 비늘은 아예 없이 피질돌기로 온 몸이 덮여 있고 뼈는 거의 연골로 되었는데 살은 탄력이 있고 맛이 좋아.

국어사전에 의하면 작은 촉수 모양의 가시가 있어 그것으로 작은 물고기를 잡아먹는다고 해. 주로 남해안에 서식하는 물고기래. 아무튼 볼품없는 그 외모만 보아서는 아무 맛도 없을 것 같은 아구가 맛이 있고 비싼 음식으로 둔갑해서 사람들의 입을 즐겁게 해주고 있으니 놀랄 일이야.

하지만 몇 십 년 전까지만 해도 아구의 신세가 지금과는 판이

하게 달랐지.

마산 근교의 어느 가난한 어촌이었어. 어부들을 가장 곤혹스럽게 하는 것은 요상하게 생긴 아구였대. 그 당시 고기잡이 배라야 조그맣게 나뭇잎 같은, 발동기도 달리지 않아 노를 젓고 다니는 배가 고작이던 시절. 숭어나 갈치가 채워져야 할 그물에 못생기고 흐늘흐늘한 채로 몸통이 큰 괴상한 것이 그물에 따라 올라오는 것이었대.

어부들은 귀찮기만 하고 돈이 되지 않아 그것들을 '귀신고기'라고 부르며 눈에 띄는 대로 집어서 혹은 바지게로 져다가 바닷가나 근처 밭에다 버리곤 했대.

가난한 어촌, 그곳에서도 제일 가난한 할매가 살고 있었대. 영감도 없고 자식도 없이 혼자 근근히 살아가는데 굶기를 밥먹듯 했겠지. 어느 날 허기진 배를 움켜쥐고 밭둑길을 걸어가는데 버려져서 빼들빼들 마르고 있는 이상한 생선을 보았어. 두 말할 필요도 없이 할매는 결정했어. 그것을 주워다 삶아먹기로. 그래서 삶아먹었더니 살이 쫄깃쫄깃하고 맛이 좋더래. 그래서 맨날 그것만 주우러 다녔대. 다 먹지 못해 말려 놓았던 아구를 갖고 찜을 만들기 시작한 것이 그 할매였다고 해.

그 노인이 혼자만 해먹고 말았는지. 아구찜 집을 차려서 돈을 좀 벌었는지 그것까지는 이야기를 듣지 못해서 나도 잘 몰라,

아무튼 새댁이 마산 어느 식당에서 아구찜을 먹어 본 것은 큰

행운이었어. 요리솜씨가 없어서 어디를 가건 설거지만 하고 심부름만 해야 했으므로 솜씨 자랑을 하려면 아구찜을 배워야겠다고 생각했대.

식당 아지메를 귀찮게 졸라서 그 아지메보다 더 맛있는(?) 아구찜을 만드는 데 성공했지. 사실 음식점에서 나온 것이라야 지독하게 맵기만 하고 조미료를 부었다고 의심되는 수상한 맛이 혀 끝은 얼얼하면서도 느끼하게 하지. 조미료를 많이 쓰지 않고도 맛있게 만드는 법을 연구해야 했어.

꼬들꼬들하게 말린 아구를 구입해서 토막내고 콩나물과 갖은 양념도 준비해. 갖은 양념이 무엇무엇인지는 너도 다 알 것이니까 미주알고주알 말하지 않겠어. 콩나물을 삶거나 볶아 내놓고 적당량의 물을 부어 아구 토막을 푹 끓여야 해. 끓거든 홍합 다진 것을 넣고 고춧가루를 비롯한 갖은 양념을 넣어 줘. 간도 잘 맞추어야 하고, 그것이 한소끔 끓거든 찹쌀가루와 녹말가루 섞은 것을 물에 풀어 적당히 걸죽하도록 떠 넣으며 국물이 바특해질 때까지 흠씬 끓여야 해. 미나리와 파 마늘 풋고추는 마지막에 넣고 준비해둔 콩나물을 섞어 가며 한 번 더 어우러지게 끓여야 해. 그것으로 아구찜은 완성되는 것이야.

그녀가 친척들이나 친구들을 불러 놓고 아구찜을 대접했을 때 그 맛에 놀라 모두들 기절(?)할 것 같은 표정들이었지. "정말 네가 만들었니?" "아니지, 사왔지? 그렇지?" 하고 자존심을 북

북 긁지 않겠어. 모두들 속고만 살았는지 원 쯧쯧. 그녀는 틈만 나면 아구찜을 만들어 솜씨를 증명해야 했어.

귀띔 하나 해줄까. 아구찜이 먹고 싶으면 그녀에게 가서 "아구찜 만들 줄 모르지 응?" 하고 말해봐. 그러면 그녀는 당장 아구찜을 만들어 보일 거야. 마치 옆집 다섯 살짜리 진영이가 노래를 하도록 만들려면 거꾸로 "진영이 너 노래 못 하지. 아는 노래 하나도 없지?" 하고 말하면 금방 꽥꽥 소리지르며 노래 부르는 걸 증명해 보이듯이 말이야. 이것으로 아구찜 이야기는 끝이야.

만해 마을로 간 사람들

백담사 만해 마을에 다녀와서 통일을 다시 생각해 봅니다. 우리 국민이 통일을 노래하기 시작한 지가 몇 년이나 되었을까요. 누구나 한 번쯤은 불러보았을 통일의 노래.

어린 아이 적엔 말의 이해가 부족한 까닭에, 미처 그 뜻도 이해하지 못한 채 주워섬기곤 했지요. 어렴풋이 기억나지만 나는 통일이 사람의 이름인줄 알았던 때도 있었답니다.

초등학교에 들어가 그 단어를 정식으로 배우기 전까지 상당한 날들을, '왜 통일이를 부를까. 그는 얼마나 훌륭하기에 모든 사람이 그 이름을 부르는 걸까' 하고 생각했었습니다. 그렇게 자꾸 부르다 보면, 한번도 얼굴을 보여주지 않는 통일이라는 사람도 가까운 시일에 꼭 오고야 말 것이라 여겼습니다. 그런데 강산이 몇 십번 바뀌어도 오지 않는 그.

그때에 내가 깨달을 수 있었더라면, 남북의 분단이 바로 우리 민족이 짊어져야 했던 슬픈 십자가인 것을 알았더라면, 통일되는 것이야말로 옷깃 여미고 천번 만번 불러야 할 우리 모두의 소원인줄 알았더라면, 나 비록 어린 나이지만 좀더 진지하게 노랠 부를 수 있었을 텐데…….

2005년 8월 12일, 백담사 만해 마을에는 전국에 흩어져 살던 문인들이 상기된 표정으로 속속 모여 들었습니다. 민족의 올곧은 자주를 위해 선각자로 살다가 간 만해 시인. 그의 조국애가 아직도 흐르고 있어선지 그곳에 발을 딛는 순간, 한 여름의 여로에 지쳐있던 얼굴들이, 저마다 생기를 얻어 더 없이 빛나 보였습니다. 통일의 염원으로, 모두의 가슴이 뜨겁게 달아오른 탓입니다.

바로 전날 세계시인 대회에 참가한 사람들이 그곳에 모여 통일을 다짐한 뒤 금강산으로 떠났다는 소식을 들었습니다. 행사장에 내걸려 펄럭이고 있는, 그들이 깃발처럼 걸어두고 간 통일의 시편들을 꼼꼼히 읽었습니다. 통일을 향해 달려가는 그들의 행보가 더없이 부럽기도 했습니다.

통일의 문제 앞에서는 한국문인협회보다 더 앞장 서 가는 타 문학 단체도 있지요. 우리는 스스로 만든 제도라는 굴레에 갇혀,

고작 사변적인 소재만을 갖고 꽃과 바람과 햇빛을 노래하느라 심취해 있었던 게 아닐까 하는 생각을 했습니다.

그러나 만해 마을에 모인 한국 문인협회 사람들도 누구 못지않게 통일을 염원하고 갈망한다는 것을 알 수 있었습니다. 다만 서로 소리내어 말하지 않았을 뿐인지도 모릅니다. 방법이 조금 달랐다고 해야 옳은 말일 것 같습니다. 함께 모일 수 있었기에 그런 것들을 확인할 수 있는 좋은 시간들이었습니다.

그래서 그런지 하루 종일 우리는 따라 다니는 이글거리는 햇빛도, 많은 식구들의 식사를 한꺼번에 마련하느라 부실할 수밖에 없는 저녁 식사도 아무런 문제가 되지 않았습니다.

'조국 통일 하기 전에 문단 통일 먼저 하자!' 그곳에 모인 천여 명이 한 목소리로 구호를 외쳤습니다. 기존 틀의 변화를 촉구한 나머지 명분만 있으면 단체를 분리시키고자 하는 속성을 갖고 있는 문인들이, 목소리를 합쳐 통일을 부르짖었습니다. 통일되지 못한 채 반세기를 지나온 조국의 현실 앞에서 모든 사람들의 가슴은 상처받아 왔고, 또한 그러하기에 뭉쳐져야 한다는 것에 절실해졌을 것입니다.

생각해 보면, 문단의 통일이야말로 곧 조국의 통일일는지도 모릅니다.

이어령 선생님의 특별 강연도 감명깊었습니다. 그는 부드러운 억양과 해박한 지식으로 청중을 사로잡는 훌륭한 스승이었습니다. 그 연세에 그렇게 멋진 모습으로 남을 수 있다면 성공한 삶이라 말해도 좋을 것 같습니다. 딴청부리는 이 하나 없이 한 시간 반 남짓을 뜨거운 박수로, 유쾌한 웃음으로 화답하는 청중들, 한국문협 사람들도 그 명성에 알맞는 참 지식인들이었다는 말을 덧붙입니다.

돌아오는 길. 아름다운 산 한계령이 머리위에서 유난히도 빛나던 것을 기억합니다. 귀공자같이 하얀 얼굴을 마음껏 드러낸 바위들과 금방이라도 초록빛 물이 흐를 것 같이 잘 자란 나무들이 뾰족한 산봉우리들을 에워싸 절경을 이루었습니다.

한계령보다 몇 배는 더 아름다울 금강산은 어떨까요. 마음 내키면 언제라도, 둘이 혹은 여럿이서 배낭 하나 짊어지고 훌쩍 다녀올 수 있는 곳이라면 좋겠습니다.

이 여름 만해 마을에 다녀온 사람들 중 더러는 문단이 통일되어야 진정한 조국의 통일도 올거라고 굳게 믿는답니다.

그들도 오래 전에는 여인의 어린 아들이었다

오는 6월 23일부터 여성부가 여성가족부로 확대돼 출범한다고 한다.

그동안 여성 단체의 주요 과제였던 남녀 차별 개선 업무는 국가 위원회로 넘어가는 모양이다.

세태의 흐름 탓도 있겠지만 무엇보다도 여성단체가 앞장서서 악전고투하여 주었기에 이 만큼의 남녀평등이 이루어 졌다고 믿는다. 나같이 평범한 여성이 볼 때, 참으로 그들은 대단한 선각자들이었다. 이제 오랜 세월을 우리 국민 뇌리 속에 자리 잡았던 남존여비 사상이란 말도 아주 사라질 날이 멀지 않은 것 같다.

과연 100년 전, 아니 50년 전에도 지금처럼 여성이 살기 좋은 시절이 올 것이라고 생각하는 사람이 있었을까.

언제부터였는지 한낮의 고급 음식점이나 찻집은 거의 여성들로 문전성시를 이루고 있다. 각 백화점이나 시, 군, 구 혹은 각종 단체에서 운영하는 문화센터에는 수강을 받으려는 여성들로 몹시 북적거린다. 가사 노동이나 돈의 궁핍함에서 어느 정도 해방된 여성들이 자기 개발이나 스트레스 해소라는 명분을 걸고 마음껏 시간과 공간을 즐기는 것이다.

가정 안에서 여성의 목소리도 커질대로 커졌다. 대 부분의 가정에서는 모든 경제권을 주부가 쥐고 있는 까닭에 언제나 큰 소리를 칠 수가 있다. 게다가 아이들은 또 어떤가. 절대적으로 엄마의 편이다. 아버지는 자칫하면 말 그대로 찬밥 신세가 될 수밖에 없다. 사정이 이러 한대도 수많은 가정들이 아무 탈 없이 조화를 이루며 살아가고 있다. 그것은 사랑이라는 이유 외에도 자식들에게 상처를 주지 않기 위해서라도 원만한 가정의 틀은 깨지 않아야 하겠다는 의지가 누구에게나 있기 때문이 아닐까 하고 생각한다.

간혹 매 맞는 남편에 관한 뉴스가 있어 우리를 의아하게 만든다. 도대체 얼마나 궁지에 몰렸으면 아내에게 매를 맞으며 살까? 외국에서 그런 예가 늘어나고 있다는 소식을 듣고 해괴하다는 생각을 했던 것이 한두 해 전 일인데 벌써 우리나라에도 그런 일이 더러 일어나고 있다니 참으로 놀라운 일이다.

남편에게 매를 맞으며 사는 아내들의 이야기보다 아내에게 매를 맞는 남편의 이야기가 더 가엽게 생각되는 건 왜일까? 절대 군주로까지 군림하던 남성이 몰락해 가는 것을 보는 것도 결코 유쾌한 일은 아닌 까닭이다.

부디, "저런 말을 하는 것을 보면 그녀에게 아들이 있는 게 틀림없어"라고 비아냥거리진 말기를 바란다. 그게 사실이긴 하지만.

내친 김에 아주 적나라한 말을 마저 해야 하겠다.

TV 연속극을 보다보면 아주 못마땅한 광경을 자주 볼 수 있다. 걸핏하면 남자 친구의 뺨을 때리거나 정강이를 구둣발로 걷어차는 여자 친구의 씩씩거리는 모습이다. 저 남자가 무슨 맞을 짓을 했나 하고 들여다보면 그저 사소한 말다툼으로 끝낼 수 있는 것들이 발단이 되서 그렇게 되는 경우가 허다하다.

물론 오만과 이기주의가 팽배한 남성들이 여성을 상대로 배신을 일삼는다던지 비참하게 짓밟는 경우가 있다면, 그것은 겨우 뺨 한대 때리고 용서 해 줄 수 있는 일이 아니라는 것도 잘 안다. 다만 과거에 여자가 그만큼 눌려 살아 왔으니 이제 우리가 그렇게 할 차례라는 복수 지향적인 생각으로 무조건 적인 복수심은 갖지 말자는 것이다.

이 방송사 저 방송사의 각종 프로에서 남성을 비하하거나 남성이 폭행을 당하는 모습을 자주 볼 수 있는 것을 보면, 그것도 무슨 유행이어서 시청률과 관계가 있는 모양이다.

숫자에서 여성들이 전폭적인 우위를 차지하고 있는 드라마 작가와 프로그래머들에게 나는 제안한다. 그동안 남성들이 해 내려 오던 방식대로 하지 말고 어머니라는 본질에 어울리게 사랑으로 승부를 걸자고. 너무 과하게 몰아붙이지 말 일이다. 가만히 있어도 대세는 여성으로 기울고 있다.

그럴 리는 없겠지만, 만에 하나라도 견디다 못한 남성들이 총궐기 한다면 그래서 다시 남성 군림, 여성 복종의 시대로 회기 한다면 그때는 어찌 할 것인가를 한번 생각해 봄직도 하다.

제 4 부

감이 익는 풍경

"빨갛게 익은 감은 늙으신 부모님이 객지로 떠난 자식들을 향해
내걸어둔 등불이다" 라고 누군가가 말했었다.
그렇다면 그 등불을 빨갛게 타게 하는 것은 목이 메는 그리움이 아닐는지?
만약, 그리움의 빛깔이 어떠하더냐고 누가 나에게 묻는다면
그것은 빨갛게 익은 감빛이라고 대답해 줄 생각이다.

감이 익는 풍경 · 1
— 열매

차갑고 희미하게 겨울 저녁이 내려온다. 살얼음 밑에서 속삭이는 개울물과 앙상한 감나무를 거느린 산골 마을이 어스름 속에 잠겨간다.

자갈투성이 개울가에 지천으로 늘어서 있는 감나무엔 할머니 젖가슴같이 쪼그라진 감이 다닥다닥 붙어있다. 차창을 통해 올려다 본 감은 저물어 가는 하늘에 무수히 찍혀 있는 검붉은 점 같기도 하다. 아무도 따먹지 않아 끝내 과일 행세를 하지 못하고 무의미하게 하나의 점이 되어버린 열매.

가을의 문턱에서부터 시작된 산골 여행이 내게 또 다른 즐거움이 되었다. 일주일에 두세 번 산골 아이들을 만나 시를 읽어 주고 노래도 함께 부르며 토론으로 시간가는 줄 모르고 지내다 보니 어느새 겨울이 깊었다. 눈이 초롱초롱하고 순박한 아이들도 좋았지만 수시로 그 빛이 변해가는 산과 들을 욕심껏 마음에 안을 수 있었다는 것이 큰 즐거움이었다.

오며가며 감나무 밑을 지날 때마다 나는 습관처럼 하늘을 올려다보곤 했다. 열매들이 주황빛으로 화려하게 익어갈수록 하늘빛은 더욱 푸르러졌다. 익기 시작한 감을 따서 한 입 깨물면 예쁜 빛깔과는 달리 떫디 떫은 맛이 혀를 한참 동안이나 곤혹스럽게 할 것이다. 그러나 그것도 항아리에 채곡채곡 넣어 두었다가 어느 눈 내리는 겨울날 알맞게 홍시가 된 것을 꺼내다 먹으면 맛이 참 좋을 텐데 그것을 모를 리 없는 산골 사람들이 왜 감을 따지 않는지 정말 모를 일이었다.

익은 지 한 달이 가고 두 달이 가도록 그대로 나무에 달려 있는 감을 볼 때마다 나는 그 감을 꼭 따보고 싶었다. 푸른 하늘에 꽃처럼 박힌 그 주황빛 열매들을, 바구니가 차고 넘치도록 따고 싶었다.

하이얀 감꽃 꿰미꿰미 꿰이던 것은
오월이란 시절이 남기고 간 빛나는 이야기어니
물밀 듯 다가오는 따뜻한 이 가을에

붉은 감빛 유난히 짙어만 가네

오늘은 저 감을 또옥 똑 따며 푸른 하늘 밑에서

살고 싶어라

― 신석정의 「추과삼제秋果三題」중에서

감이 익는 풍경 · 2

— 그 마을

강진에서 순창군 동계면으로 가는 버스에 올라보면 안다. 내가 아직은 얼마나 젊은가를 그리고 내 차림새에 얼마나 많은 욕망의 찌꺼기가 묻었는가를…….

버스 안에는 서산에 해 저물 듯이 이미 황혼 속에 깊이 잠겨 있는 삶들, 노인들이 승객의 대부분이다. 도시의 현란하고 생기발랄한 사람들의 몸짓에 익숙해진 나는, 조금은 낯선 사람들의 느리디느린 동작과 흙빛 체념을 그곳에서 본다. 흘러가 버린 황금 같던 젊은 날들은 이미 잊었거나 애써 묻어버린 듯 자연에 순응하면서 흙을 닮아 가는 사람들.

버스는 산길을 돌며 노인들을 한두 명씩 내려 주고 간다.

고개 하나를 넘고 나름대로 넓게 트인 논 가운데를 따라 달리다 보면 굽이굽이 감아 도는 또 하나의 고갯길이 시작된다. 거기에 그 마을은 있다.

대부분의 기와집들이 남향으로 앉은 제법 큰 마을인데, 그래서 한 때는 꽤나 번창하고 활기가 넘쳤을 것 같은데 지금은 고요해 보이기만하다. 그 마을엔 현란한 빛깔이 없다. 오래된 지붕과 기둥이며 문짝들이 모두 회색 투성이다. 아이들이나 젊은이들이 없으니 원색의 빨래가 내걸릴 일도 없는 듯하다. 마을로 들어가는 동구 밖 길이 어느날은 햇빛을 받아 하얗게 빛나다가 흐린 날은 잿빛으로 가라앉곤 할뿐이었다.

그곳에서 노인 한 분이 내렸다. 느릿느릿 마을을 향하여 걸음을 옮기는 노인의 머리 위로 까치집을 이고 선 나무가 까마득히 높았다.

섬진강이 이곳으로부터 시작된다고 들었다. 골짜기를 돌아 흐르는 범상치 않은 물줄기가 섬진강 상류 어느 쯤일 거라고 나는 멋대로 단정을 해둔다. 개발의 손이 미치지 못한 산과 들은 아기자기하고 신비롭다.

흐르는 물이 있고 눈만 들어 바라보면 생기발랄한 산이 손짓할텐데 그 마을 사람들은 그런 것조차도 다 귀찮은 모양이다.

'아이고 허리야, 아이고 다리야.'

내 귀에 앓는 소리가 들리는 것 같다. 사람들만 그런 게 아니라 마을을 이루고 있는 모든 것들이, 이를테면 낡아 가는 집들과 무너져 가는 돌담이 모두 그렇게 신음을 하고 있는 것처럼 느껴진다.

그런데 가을이 무르익자 그 마을에도 빛깔이 생겼다. 잎이 죄다 져버린 가지 끝으로 주렁주렁 열린 감이 빨간 얼굴을 내민 것이다. 가을이 깊어 갈수록 마을은 더욱 고즈넉이 가라앉지만 지천으로 열린 감은 빨갛게 익어 갔다.

"발갛게 익은 감은 늙으신 부모님이 객지로 떠난 자식들을 향해 내걸어둔 등불이다" 라고 누군가가 말했었다. 그렇다면 그 등불을 빨갛게 타게 하는 것은 목이 메는 그리움이 아닐는지? 만약, 그리움의 빛깔이 어떠하더냐고 누가 나에게 묻는다면 그것은 빨갛게 익은 감빛이라고 대답해 줄 생각이다.

가을의 끝머리에서 나는 또 그곳을 지나게 되었다. 동구밖에 사람들이 모여 있었다. 이런 산골에서는 좀처럼 볼 수 없는 집단의 사람들이 옹기종기 모여있었다. 젊다는 것과 도시풍의 산뜻한 차림이 그 마을을 배경으로 했을 때 얼마나 활기 있어 보이던지…….

그들은 상여 앞에서 노제를 지내고 있었다. 흩어져 살던 자식들과 일가친척들이 모여와서 임종을 한 노인의 장례를 치르고 있는 모양이었다.

그 노인의 그곳에서의 삶은 외로웠을까. 아니면 나름대로 행복했을까? 어쩌면 행복했을 것도 같다. 어차피 자식들이 사는 도시는 생리에 맞지 않았을 테고 그 노인의 둘도 없는 보금자리는 오직 그곳이었을 것이니까.

조문객들이 타고 온 번쩍거리는 승용차들 사이로 알록달록 고운 상여의 꽃장식이 아름다웠다.

감나무 가지 위로 저녁 까치가 깍깍대며 날아 오르고 있었다.

먼 곳에서 그립던 자식들이 왔노라고. 고이 떠나시라고.

감이 익는 풍경 · 3

— 대화

—순창으로 가는 버스를 탔다. 버스 안에는 고작 열 대여섯 명의 승객이 승차했을 뿐이다. 잘 알고 지내는 사람들인지 몇 사람이 주거니 받거니 이야기꽃을 피운다—

작년에 감 따려고 나무에 올라갔다가 떨어져서 죽을 고생을 했당게. 저런 쯧쯧, 감이 중요혀? 사람 목심이 중요혀? 그 나이에 감나무엔 뭐하러 올라 갔당가 쯧쯧. 재작년에 웃말(윗 마을) 학뭉이 아재가 감나무에서 떨어져 갖고는 한 열흘 앓다가 그 길로 세상을 떴잖여. 그것이 참 그렇더랑께, 조금만 올라가믄 잘 익은 감이 금방 손에 잡힐 것 같아서 그것만 쳐다보고 발을 올려놓는거여. 그러다가 가지가 뚝 분질러져 버리는 바람에 그렇게 됐제. 오메 참말로 아자씨 큰일 날 뻔 했시유.

—여인이 끼어 든다. 룸밀러로 버스 안을 넘어다보며 이야기를 듣고 있던 버스기사가 참견을 한다.—

내 친구 한 놈이 원숭이 한 마리를 길러 보라고 주데유. 그 녀석 하는 말이, 원숭이를 잘 훈련시켜서 사람이 올라가기 힘든 나무의 열매를 따게 하면 아주 좋다는 것이여유.

아라！ 그것 참 일리가 있네. 원숭이는 나무를 잘 타니께 말이여.

—감나무에서 떨어졌다던 남자가 무릎을 탁 치며 장단을 맞춘다.—

그래, 기사 양반은 그 원숭이를 데려다 키웠는감？ 예 키웠지유. 고향 선산에 잣나무가 몇십 그루 있는데유 그 잣 따기가 참말 어려운 일이더라구요. 나무가 어찌나 높은지 위험하기 짝이 없더라구유. 그래서 그 놈에게 일을 시켰더니 그런대로 잘 따더라구유. 아하！ 그럼 그놈에게 감 따는 일도 시키면 좋겠네 그려.

—맨 처음 남자의 말이다.—

아닌게 아니라 감따는 일도 시켰지유. 그런데 그놈의 꾀가 나며는 낄낄거리며 장난을 혀유. 홍시만 골라 따서는 사람에게 마구 던져유. 질퍼덕 깨져서 퍼지는 것이 재미있는지 방바닥에고 어디고 던져유. 너 이놈！ 잡히기만 해봐라 죽인다 하고 소리 지르면 죽는 시늉을 하면서 꼭대기로 올라가 버려유. 허리에다 주머니 하나를 채워 주며 물렁물렁 한 것은 그 곳에 담도록 가르쳐도 잘 안되대유.

아하! 원숭이는 워낙 장난이 심헌 짐승인께로 그렇기도 할 것이여.

—맨 처음 남자가 또 유권 해석 내리기를 주저하지 않는다.—

여시같이 꼭 사람이 하는대로 하려고 해유. 밥도 밥상에 같이 앉아 먹으려 하고 잠도 꼭 마누라하고 나 사이에 끼어서 자려고 해유. 한 번은 귀찮아서 밖에다 내놓고 문을 감가 버렸더니만 문을 긁어대며 소리를 지르고 난리여유.

아하! 그놈 참 몹쓸 놈이네 그려.

—맨 처음의 남자가 무척 재미있어 한다.—

이 놈이 자장면은 또 얼매나 좋아하는지 참 같잖당께유. 한 번은 이런 일도 있시유. 손님이 와서 자장면 다섯 그릇을 불렀지유. 그런대 그 놈이 내가 전화하는 소리를 듣고는 대문을 지키고 있었나봐요. 철가방 째로 훔쳐서 잽싸게 달아나 쩌그 뒤뜰로 가져가서는 이 그릇도 한 번, 저 그릇도 한 번, 다섯 그릇을 모두 엉망으로 만들었시유. 어찌나 약이 오르든지 몽둥이를 들고는 너 이놈! 이리 와 하고 쫓아갔더니 쩌그 큰길로 도망가서는 아예 보이지 않는 거예유. 차라리 아주 도망 가 번지고 오지 말았으면 딱 좋겠더라구유. 오후에는 아예 대문을 잠가번지고 마누라하고 외출을 했시유. 내 뒤를 따라다니며 재롱을 떨던 놈이 몇 시간이 지나도록 보이지 않으니까 한편으로 섭섭하기도 하대유. 시원섭섭 하다는 말이 그럴 때 쓰는 말이더라구유. 캄캄해져서 집으로 돌아 왔시유. 근디 이놈이 어느새 집에 들어와 있시유. 대문도 잠겨 있는디.

아하！ 원숭이니께 대문을 타고 넘어왔구먼 그래.

—그 남자가 기사의 말을 나꿔챈다.—

아 이놈이 우리 내외를 보더니만 좋아라고 엉덩이를 흔들어대며 쫑짱거리고 있잖여유. 하하하 허허허. 결국은 산으로 보내고 말았시유.

쯧쯧, 감 따기엔 그 놈이 딱 좋았는디 그랬네.

—감나무에서 떨어졌다는 남자가 무척 아쉬운 표정을 짓는다.—

물의 노래
— 가뭄

산은 옛건마는 물은 간데 없다.

주야로 흐르니 남은 물이 있을 소냐.

아마도 천년유수는 나도 몰라 하노라.

쉬임없이 흘러가는 물을 읊은 옛 시조이다. 유수의 덧없음을 노래하고 있다. 굳이 옛사람의 말을 빌리지 않더라도 흐르는 한 방울의 물이 얼마나 귀한 것인가를 나는 잘 알고 있다.

유엔이 분류한 물 부족 국가의 대열에 들어 간 나라의 주부인 나는, 장차 나와 내 후손들이 겪을 고통의 예감 때문에 가슴이 답답해지곤 한다. 무릇 목마른 고통은 배고픈 고통보다 더 심할 것이므로.

물은 단순히 사람의 육신만을 만족시키는 것이 아니다. 헤르만 헤세는 그의 저서를 통해 이렇게 말했다. '물에서 배워라. 물은 생명의 소리, 존재하는 것의 소리, 영원히 생성하는 것의 소리다' 라고. 그렇다. 물은 세상 모든 살아 있는 것들의 교감을 이어주는 신비의 힘인 것이다.

우리는 엄마 뱃속의 따뜻한 양수에 몸을 담그고 열 달 가까이 살았고 그 곳에서 비로소 사람의 형상이 되었다. 생명의 근원인 물, 살아 있는 것들의 영원한 고향. 물은 사람을 평화스럽게 하고 순수하게도 하며 사람의 기혈氣血을 맑게 한다.

물이 나의 영혼과 교류함으로 내 안에 말라붙었던 마음의 샘들이 다시 솟아나곤 했음을 잘 알고 있다.

아침해가 어리는 호숫가를 거닐며 아름다운 꿈을 키웠고, 노을이 곱게 비치는 강가를 거닐며 알지 못하는 미지의 신세계를 그리워하곤 했다. 무더운 여름 한나절, 펑퍼짐한 바위에 편한 자세로 앉아 물 속에 발을 담그고 산 그림자 속에 몸을 숨기면 뼈 속까지 시원해지던 기억.

아아 그랬다. 내 지나간 날 삶의 배경에는 언제나 맑은 물이 지천으로 있었고 작디작은 물고기들이 말갛게 씻기운 자갈돌 틈으로 떼지어서 헤엄쳐 다니곤 했다.

그러나 40여년이 지난 지금은 어떤 모습인가. 불과 30년 혹은

40여년을 지나오는 동안 바닥이 환히 보이도록 맑던 개울물은 시커먼 오수로 변했고 각 가정에서 배출한 세제 찌꺼기가 하얀 구름처럼 거품으로 피어 있는 도시 근교의 개천에는 물고기들이 사라진 지 오래다. 우리가 사는 이 지구상에 이미 재앙은 시작되었고 점차 진행되어 가고 있음이다.

모든 사람들이 흐르는 개울물이나 강물을 보고 '내 자식들이 마실 물이며 발 담글 물이다' 라고 생각하고 세재를 절제한다면 조금은 나아질 수 있지 않을까 싶다.

며칠 전 대아리 저수지로 가족 나들이를 갔다. 동상면에서 시작된 개울이 점점 넓어져서 고산이 한 눈에 내려다보이는 곳까지 이어지는 거대한 저수지이다. 언제나 가득 차서 넘실대는 물과 겹겹이 둘러쳐진 아름다운 산들이 어우러져 언제 가 보아도 감탄사가 절로 나오는 곳이다.

그러나 이게 어찌된 일일까. 지난 가을부터 시작된 지독한 가뭄때문인지 아니면 얼마전에 완공된 용담땜에 물을 가둔 탓인지 알 수 없으나 시퍼렇게 구비구비 찰랑대던 저수지의 물은 모두 간데 없고 바닥은 거무튀튀한 빛깔로 황무지처럼 변해 있었다. 그 많던 물이 이렇게 말라서 없어지리라고는 생각해 본적이 없었기에 그저 놀라움뿐이었다. 이렇게도 되는구나. 그토록 깊어 보이고 드넓은 하나의 댐이 이렇게 말라버릴 수도 있구나. 머잖아 정말로 먹을 물이 없어 허덕이는 일도 일어날 수 있겠구나 싶었다.

차에서 내려 황무지 속으로 걸음을 옮겼다. 그곳에 풀이 자랐던 흔적이 말라붙어 있었다. 아마도 물이 마르기 시작한 지난해 여름부터 풀이 자라기 시작했고 가을이 지나고 겨울도 지나는 동안 모두 말라붙은 모양이었다.

바스라지는 풀의 흔적을 밟으며 이 마른풀들을 되살릴 봄비라도 흠씬 내려 주었으면 하는 바람이 들었다.

며칠 전 어느 책에서 읽은 T.S 엘리어트의 「황무지」라는 시가 생각났다.

또 물이 있다면 물이
샘물이, 바위 틈새에 웅덩이라도 있다면
오직 물소리만이라도 들린다면
매미나 마른 풀의 노래 소리가 아니라
바위 위로 울리는 물소리라도 있다면
그러나 물은 없다

이 얼마나 구구절절한 외침인가. 말라붙은 강바닥에서 황무지를 본다고 하면 다소 과장된 호들갑일지도 모르겠다. 하지만 언제나 넉넉하던 저수지의 바닥이 푸석거리고 있어선지 물에 대한 그리움이 더욱 절실했는지도 모른다.

아무 생각없이 그저 물을 펑펑 써오던 나였기에, 물이 부족할 거라는 외침을 먼 남의 일로만 들었던 나였기에 댐 밑바닥의 마른 풀을 밟는 느낌이 예사롭지 않았다.

유난히 목이 마른 하루였다.

가장 비싼 옷

내겐 밤무대 옷이라면 꼭 알맞을 재킷이 하나 있다.

장롱문을 열 때마다 그 옷에 박혀 있는 수많은 금빛 반짝이들이 내 눈을 어지럽게 한다.

내가 돌았었나봐. 이런 옷을 다 입고 다녔으니……. 혼자말로 중얼거리며 옷을 쓰다듬어 본다.

검정색 바탕에다 초록과 연보라 그리고 밝은 노랑색 무늬가 적당히 박힌 재킷, 거기까지는 나무랄 데가 없는데 촘촘히 박혀 있는 금장의 반짝이가 문제다. 바탕의 세련된 색깔에다 반짝이를 입혀 이중색이 나도록 짜여진 옷감인데 도가 지나치게 반짝거리니 그것이 문제라는 말이다. 햇빛이라도 받으면 참으로 가관이다. 그 반짝거림이 죄가 되어 장롱에 갇힌 채 이년동안이나 햇빛 한 번 못 보았으니 가련한 신세라고나 할까.

그러나 처음부터 이런 대우를 받은 것은 아니었다.

5년 전 어느 날, 옷가게가 몰려있는 중앙동 거리를 지나다가 유난히 내 눈길을 끄는 마네킹을 보았다. 검정색 바지와 검정색 폴라티 위에 걸쳐진 무척 세련된 배색의 재킷 하나를.

나는 재빨리 내 머릿 속에 그림을 그렸다. 검정옷이 대부분인 내가 화려하고 멋진 그 재킷을 걸쳐 입은 그림을. 괜찮겠다 싶었다. 나는 값이 얼마냐고 물었다. 그녀는 내 눈을 들여다보며 미안하다는 투로 값을 얘기했다. 순간 나는 귀를 의심했다. 내가 상상하던 것보다 훨씬 더 비쌌던 것이다. 그렇게 터무니없는 값이라면 결론은 쉬운 것이었다. 아직까지 그렇게 비싼 옷은 사본 적이 없으므로 쉽게 관심을 꺼 버릴 수 있었다.

돌아서서 나오는 나를 유난히 날씬하고 예쁜 점원이 붙들었다. 한번 입어만 보고 가라고. 입어보니까 멋이 있었다. 허리통이 굵어져서 갖고 있던 예쁘장한 옷이 몸에 맞지 않았던 터라 좋은 옷이 한 벌쯤 있었으면 했었다. 그만하면 허리통도 감춰주면서 멋있게 보이겠다 싶었다. 그런데 자세히 들여다보니 반짝이가 촘촘히 박혀 있어서 좀 마음에 걸렸다. 너무 비싼데다가 반짝거려서 입기가 곤란하다며 뒤로 빼는 나에게 점원은 집요하게 설명을 했다. 이태리에서 수입해온 원단이어서 비싸고 그만큼 가치가 있는 거라나. 싸구려를 사다가 한 1년 입고 버리는 것보다는 조금 비싸더라도 고급스럽고 평생 입을 수 있는 옷을 장만해 두시라고도 했다. ㅇㅇ중학교 영어선생님과 ㅇㅇ초등학교 선생님도 이 옷을 사갔으니 그다지 야해 보이지는 않을거라고.

그러니까 그녀의 말은 가장 수수하고 보수적이어야 할 교사들도 입겠다고 사간 옷이니 못 입을 사람이 어디 있겠느냐는 말이었다.

그녀가 베테랑급의 장사꾼이었는지 아니면 귀가 얇아서 설득을 잘 당한다는 내 사주팔자 때문이었는지는 모르지만 나는 비싸고 반짝거려서 아무래도 꺼림칙한 그 옷을 기어이 사들고 왔던 것이다.

집에 갖고 와서 찬찬히 뜯어보니 배색이 무척 아름답고 부티가 나는 옷이었다. 게다가 차름한 천인 까닭에 옷모양이 잘 빠져서 좋은 옷걸이라고 결코 말할 수 없는 나 같은 사람이 입기에는 아주 적당한 옷이었다. 반짝이는 것조차도 그다지 흠이 될 것 없다는 생각도 들었다.

역시 비싼 옷은 어딘가 다른 데가 있긴 있는 모양이었다.

나는 반짝여서 한층 돋보이는(?) 그 옷을 자랑스럽게 입고 유럽에서 열렸던 한국문인협회의 해외문학 심포지엄에 다녀왔다. 그밖에도 서울로 광주로 부산으로, 때론 수필가협회 세미나가 열리는 곳에, 때론 친지댁의 결혼식이 있는 곳에 부지런히 반짝이고 다녔다.

그런데 그 옷의 진가를 가장 잘 발휘될 수 있는 곳이 따로 있었다. 어느 회식 모임이 끝나고 모두 어울려 노래방엘 갔다. 화려한 색상의 조명등 아래서 현란하게 반짝이는 내 옷이야말로 가장 튀는 무대옷이었다. 여자회원들이 키득거리며 내 옷을 가리켰다. 나는 한술 더 떠서 큰소리로 말했다. "이 날이 올 줄 알고 얼마 전에 무대옷을 마련했거든요."

방학 때 집에 내려온 딸아이는 내 옷을 보더니 뜻밖이라는 듯 호들갑을 떨었다. "앗! 가수 설운도 아저씨가 입은 옷하고 비슷하다. 아니지, 아니야 현철 아저씨하고 더 비슷하네, 히히히."

안 그래도 그 옷을 입을 때마다 한번씩은 마음에 걸려서 주변 사람들에게 묻곤 했다. "이 옷 너무 야하지 않아요?" 하고. 워낙 개성이 강조되는 시절이어서 그런지 아니면 듣기 싫은 소리를 안 하려고 그러는지는 몰라도 내가 그렇게 물을 때마다 사람들은 한결같이 "뭐 어때요. 젊은이들은 안 그렇지만 나이 들면 옷을 좀 화려하게 입어야 하요" 라고 말하거나 그 비슷한 뜻의 대답을 했다.

그러나 내 마음은 흔들리기 시작했다. 또 관심을 두고 보아서 그런지 TV의 가수들은 한결같이 내 옷과 비슷한 것을 입고 있는 게 아닌가.

옷을 입고 밖으로 나갈 용기가 없어졌다. 그렇다고 해서 비싼 옷을 버릴 수도 없는 일. 서너 살 적은 동생에게 주기로 했다. 처녀때는 온갖 멋을 다 내고 다니던 사람이니까 그녀에게 주어버리는 게 좋을 것 같았다. 성격도 나보다는 활달하니까 선심 한 번 쓰는 셈치고.

이리 들여다보고 저리 들여다보던 그녀가 재킷을 내게로 다시 밀쳐놓으며 이렇게 말하는 게 아닌가. "나는 이런 날라리 옷엔 취미가 없어" 라고. 너는 옷도 취미로 입는 거냐. 이게 얼마나 비싼 옷인데 날라리 옷이라고 그래. 이런 말이 목구멍까지 올라왔지만 꿀꺽 삼키고 말았다. 목사 부인인 그녀에게 이런 화려한 옷을 주려고 맘먹은 내가 잘못이지. 한편으로는 그녀가 만일 입겠다고 했으면 은근히 아까운 생각이 들었을지도 모를 일이다.

그 후로 내 옷 중에 가장 비싼 이 옷은 장롱에 처박히는 신세가 되었다. 이대로 걸어두었다가 내 나이가 좀더 많아져서 얼굴이 두꺼워지고 뻔뻔해지면 한 번씩 꺼내 입을 생각이다.

어떤 호기심

어느 코미디의 줄거리다.

멍청한, 그러나 호기심이 유난히도 많은 남자가 있었다.

그는 순전히 호기심에서 비롯된 사건 때문에 별로 원하지도 않은 그렇고 그런 여자와 결혼을 하게 되었다.

주례선생님이 그에게 물었다. "신랑은 신부를 늘 아끼고 변함없이 사랑하겠습니까?" 하필이면 그 때 그의 호기심이 발동했다. 만일 아니라고 대답하면 어떻게 될까를 생각하다보니 정말 그 이후의 일이 궁금해졌다. 그는 주례선생님을 향해 큰 소리로 말했다. "아니요"라고.

신부가 눈을 흘기며 그를 노려보았다.

급기야 그 대답으로 인하여 양가의 부모와 친지들이 뒤엉켜 발길질을 하는 등, 식장은 아수라장이 되어버렸다. 그랬는데도 신랑 신부는 자식까지 낳고 살고 있다. 코미디니까.

그 남자가 어느 날 강변을 걷다가 또 생각에 잠겼다. "내가 이곳에 빠져 죽는다면 세상은 어떻게 될까?" 얼마 후 사람들이 그 강가에서 발견 한 것은 가지런히 벗어 둔 그의 구두뿐이었다. 물살이 세서 그런지 그의 시체는 발견 할 수가 없었다. 심증만 갖고 장례를 치르게 되었다. 마누라가 통곡을 하고 친구들이 조문을 오고, 이 구석 저 구석에서 화투판도 벌어졌다.

사람들이 서로에게 별로 관심을 기울이지 않는 틈을 타서, 죽었을 리가 없는, 죽은 척만 했던 그 남자가 숨어들었다. 그는 고개를 끄덕이며 생각했다. '아! 내가 죽으면 이런 장면들이 펼쳐지는구나.'

여기서 호기심이 수그러들었으면 좋았을 텐데 더욱 상승을 해서 결코해서는 안 될 결단을 내리고 말았다. 그 다음 세상은 어떻게 돌아가는지를 보게 정말로 죽어보아야 하겠다는 결심을. 그리고는 참말로 목숨을 끊었다는 애기다.

나도 이 남자 같이 그 강도는 세지 않아도 이런 종류의 호기심이 생길 때가 있다.

어느 날 내가 자취를 감춘다면 어떤 일이 벌어질까. 나를 아는 사람들은 고개를 갸웃거리며 별의별 생각을 다하며 궁금해 하고 걱정도 할 것이다.

이제 확실하게 한물 간 나이 이지만 혹 이런 말을 듣게 된다면 어떻게 될까? "어느 남자하고 눈 맞아 어디로 사라졌나봐." 아아 얼마나 희망 있는, 살 맛 나는 말일까.

그러나 절대로 그럴 리는 없다. 확실히 단언할 수는 없는 것이지만. 내가 사랑하는, 또는 사랑 할만한 남자가 생긴다면 그런 선택을 하도록 하지는 않았을 것이다. 그가 자기의 짐을 잘 지고 남의 입에 좋게 오르내리며, 무엇보다도 내가 존경 할만한 사람이 되어 달라고 권유 할 것이다. 사랑의 도피 행각이란 희망과 꿈을 헐값에 팔아서 지옥 속의 고통을 비싼 값에 사는 것이나 다름이 없을 것이라 생각하기 때문이다.

내가 없어지면 이런 말들이 오고 갈지도 모른다. "그녀는 납치된 게 틀림없어." "데려다가 뭘 하려고?" "뭘 하긴 공장에 마늘까는 일을 시키려는 게지." "아니여. 그래도 아직은 봐 줄만 하니 어느 놈이 채 간 게 틀림없어."

여기 마지막 말은 아직도 그렇게 보여지고 싶은 나의 희망 사항일 뿐이다.

나는 잘 알고 있다. 나를 혹시 납치 해 가는 사람이 있다면 틀림없이, 꽃을 보듯이 곁에 두고 살려는 것이 아니라 허드렛일을 시키려는데 그 목적이 있을 것이라는 것을.

내가 어느 날 사라진다면, '그녀는 하루하루가 너무 낯설고 힘겨워서 떠났을 것' 이라고 말해 주는 사람이 있다면 그것이야말로 참으로 호의를 갖는 바른 추측이 될 것이다.

빼앗긴다는 것

기억나는 어릴 적의 놀이 중에 '땅뺏기 놀이' 라는 것이 있다. 운동장 구석에 동그란 원을 그리고 한가운데를 나누어 하나씩을 우선 차지한다. 다음부터는 가위바위보를 하여 이긴 사람이 한 뼘 씩 남의 땅을 빼앗아 가는 것이었다.

걸핏하면 아이들은 그 놀이를 하고 놀았다. 장난일지라도 땅을 많이 빼앗긴다는 것은 기분 나쁜 일이어서 나중에는 티격태격 말싸움을 하기도 했다. 키도 크고 유난히 손이 큰 아이에게, 손이 작고 꾀도 없는 아이는 번번이 질 수밖에 없었기 때문이다. 분명히 가위 바위 보에서는 많이 이겼는데도 남아 있는 땅이 삼분의 일도 될까 말까 했다. 손을 이리저리 움직여서 동그라미를

속임수로 그렸기 때문이라는 것이 싸우는 이유였다.

그러나 그런 싸움은 지극히 사소한 것일 수밖에 없었다. 언제나 우리학교 운동장이지 나의 운동장은 아니었기 때문이다. 그곳은 내일도 모레도 우리 함께 뛰어 놀 배움터였다. 그저 아무 일도 없었다는 듯이 어깨동무를 하고 집으로 돌아가면 그만이었다.

아주 빼앗기고 만다는 것은 절망적인 상황이다. 아무도 그런 경우를 좋아 할 리가 없다.

그러나 빼앗긴다는 것이 아무리 불유쾌하고 상실감이 크다 해도, 그래서 자기 자신도 억제 할 수 없게 분노가 치민다고 해도 드러내 놓고 표를 내선 안 될 사람들이 있다. 우리의 선량인 국회의원들이다. 몇십 년 동안 집권당이었던 공화당, 민정당, 민자당에서 한나라당으로 이어져 온 구 여당은 민주당에게 정권이 넘어가자, 기회 있을 때마다 '빼앗긴 정권을 찾아야 한다.' 고 외치곤 했다. 격한 억양으로, 나름대로 만들어낸 서러움을 호소 할 때도 있다. 지금도 간혹 그런 말을 하는 국회의원을 텔레비전을 통해 볼 수 있다.

정당의 존립근거가 정권을 차지하는데 있다는 것을 모르진 않는다. 그렇지만 도대체 누구에게 무엇을 빼앗겼다는 말일까. 누군가가 나라를 송두리째 팔기라도 한다는 말인가. 아니면 어떤 이상하고 엉뚱한 나라를 세워서 그동안 특권을 누리던 사람들과 특정지역 사람들은 아예 얼씬도 못하게 한다는 말일까. 절대로 어겨선 안 되는 신성불가침의 법이라도 있어 정권을 바꿔서는 안 된다고 못 박았는데 다른 당이, 혹은 국민들이 그것을 어겼다는 것일까.

정권이란 선거에 의해 언제라도 바뀔 수 있다는 걸 모르는 국민은 아마 없을 것이다. 그래서 민주주의가 좋은 것이 아니겠는가. 그것을 몰라서 그들은 골방에서 자기네들끼리 비공개 하에 해도 유쾌하지 못할 말을 지역민들 앞에서 언론 앞에서 공개하곤 하는 것일까. 그런 선량들 때문에 특정지역간의 적대감이 쉬 사라지지 않는다는 걸 왜 모르는지.

부디 부탁하건데 지금 집권하고 있는 열린우리당은 먼 훗날, 행여라도 국민의 신임을 얻지 못해 야당이 되더라도 '빼앗긴 정권을 되찾아오자' 고 외치고 다니지는 말기를 바란다.

그런 절박한 말은 과거에 일본이 우리나라에서 했던 행위를 말 할 때나 써야한다. 그들은 우리의 아버지들을 자신이 보는 앞에서 비굴한 사람으로 전락시켰으며, 우리의 선생님들을 제자 앞에서 모욕했으며 우리의 꽃 같은 누이들을 위안부로 끌어갔고, 식량마저 빼앗아 간 바람에 어린 자식들은 굶주려야 했지 않은가. 그야말로 우리는 그들에게 나라를 강제로 빼앗긴 거였다.

빼앗기지 말아야 한다는 말은 독도를 두고 말 할 때 우리나라 사람들이 우리 자신을 향해 다짐해야 할 말인 것이다.

축제! 하나 되는 우리를 위하여

우리 생활에서 축제란, 없어서는 안될 정신적 소성蘇盛이다. 남녀노소 빈부귀천 모든 구별을 다 없애고 즐길 대로 즐기고 흥분할 대로 흥분해서 한바탕 놀다보면 마음에 낀 묵은 때 묵은 응어리들이 눈 녹듯이 사라질 것이니 아마도 정신 건강을 위해 그보다 더 좋은 묘약은 없을 것 같다.

축제마당은 항상 즐겁고 유쾌하다. 흥겨운 가락과 즐거운 표정의 사람, 사람들. 그러나 언제부터인가 나는 흥겨움을 흥겨움으로만 받아들이지 못하는 엉뚱한 버릇이 생겼다. 푸른 깃발이 나부끼는 길목 어디쯤 조용히 웅크리고 있는 애잔한 그림자(나는 그것을 나의 사랑법이라고 믿기도 하고, 짊어지고 가야할 십자

가라고도 부른다).

내가 가꾸고 쓰다듬고 아끼는, 내게 속한 모든 것들, 그립고 보고싶은 나의 피붙이, 그리고 초라하기 짝이 없는 내 자화상.

흥겨운 거리를 걷다가 이따금 나는 그 장소와는 전혀 어울리지 않은 또 다른 의식의 문을 열고 그 애잔한 것들을 그리워하곤 한다. 어쩌면 그 순간은 축제가 마련해 준 자아연민의 시간이기도 할 터여서 뒷날 또 다른 그리움의 주제가 되리라는 걸 안다.

주제가 각기 다른 세 곳의 축제마당을 가보았다. 풍성한 먹거리와 사람들이 넘치고 웃음이 넘치는 축제의 궁극적인 목표는 바로 〈하나가 되는 우리〉가 아닐까 한다.

꽃과 젊음의 축제

— 진해 군항제

진해의 봄은 벚꽃과 함께 온다. 팝콘같이 희고 잘게 한꺼번에 피어나 온 시가지를 뒤덮곤 하는 벚꽃은 군항제의 상징이기도 하다.

7만여 그루의 벚나무가 풍기는 어지러운 꽃향기에 푹 잠겨 시가지를 걷다보면 사람 사람들이 어느새 꽃으로 피어나고 있는 착각에 빠져든다. 진해에서 십 수 년을 사는 동안 해마다 어김없이 오던 나의 봄이, 화사한 꽃과 더불어 축제의 한 가운데 늘 있었다는 것은 행운이었다.

해군사관학교가 있고 해군 통제부가 있는 진해는 언제나 젊음이 넘치는 곳이다. 아침 저녁으로 멀리서 가까이서 들려오는 군가 소리. 날이 풀리면 군가를 부르는 특수부대의 해군들이 열을 지어 집 앞을 지나가곤 했다.

꽃샘바람이 난데없이 진눈깨비를 흩뿌리는 3월 말 경부터 벚꽃 나무는 푸른 내색도 없이 제 몸에 꽃망울을 잉태하는 것이었다. 해마다 4월초에 열리는 군항제에 맞춰 꽃을 피워내야 하는 사명을 절대로 잊을 리가 없다는 듯이 피어야 할 그때에 꽃은 피었다.

군항제가 시작된 것은 이순신 장군과 무관하지 않다.

1952년 진해 북원 로터리에 이순신 장군 동상이 세워졌다. 해군 통도사였던 이순신 장군의 구국의 얼을 기리고 전승을 기념하기 위하여 해마다 추모제를 거행하던 것이 유래가 되었다. 1963년부터 해군 도시라는 특색을 살려 군항제라는 이름으로 축제를 열기 시작한 것이다. 축제기간 중에는 곳곳에서 그의 업적을 기리는 의식이 펼쳐진다. 실제 모양의 거북선이 관광객들에게 개방된다. 군함을 탑승해 볼 수도 있고 해군사관학교가 개방된다.

일제 시대 때부터 옮겨다 심었다는 설도 있고 그 이전부터 심겨지기 시작했다는 벚꽃이 때맞춰 피어나 온 시가지를 뒤덮어 장관을 이룬다. 그 풍경은 전국으로 소문이 나서 축제 기간 동안은 시내가 온통 축제 분위기로 들썩인다. 향토문화예술을 진흥

하는 행사의 일환으로 각종 문화예술경연대회도 병행한다.

나는 70년대 중반 군항제 전국 백일장 대회에서 "아침"이라는 시로 장원을 차지한 적이 있다.

지인으로부터 꽃이 피기 시작한다는 기별이 왔다. 이왕이면 군항제의 개막일에 맞춰서 무조건 오라는 군대식의 명령이었다. 그것은 정녕 내가 기꺼이 수용할만한 행복한 제안이었다. 그곳으로 달려갔을 때, 어찌 그리도 나와 같이 초대를 받은 사람들이 많은지 시가지는 온통 인산인해를 이루었다.

밤이 되자 제황산의 탑 주위에 현란한 조명등이 켜졌다. 그곳을 오르는 일년 계단 365개의 층계에도 흐드러진 꽃등과 함께 조명등이 밝혀졌다. 계단 및 중원 로터리에 모인 수많은 사람들이 화려한 점등을 보고는 와아! 하고 함성을 질렀다. 한복을 입고 머리를 곱게 땋아 댕기로 묶은 여학생들의 강강술래에 이어 해군 의장대의 시범공연이 펼쳐지자 젊은이들은 손뼉을 치기 시작했고 아이들은 팔짝팔짝 뛰며 즐거워했다. 밤이 이슥해지자 개막행사도 절정에 달해 축포가 터지고 하늘에는 화려한 불꽃이 쏘아 올려졌다. 그 순간은 분명 모든 사람들이 살아 있음을 기뻐하고 행복에 겨워 서로의 별을 가슴에 부벼도 좋을 것이었다.

왜 나는 찬란한 것을 보면 눈물이 나는 걸까.

사랑의 축제

— 남원 춘향제

춘향제는 전국 793개의 지역 축제 중 최고의 연륜을 가진 축제이다. 한민족 정서에 가장 부합하는 대한민국의 대표적인 축제라고 불러도 과언이 아닐 것이다.

72년의 연륜을 가진 춘향제의 테마는 두말할 것 없이 사랑이다.

동서고금을 막론하고 사랑만큼 회자되고 흥미로운 화두는 없지 않을까 싶다. 사랑 이야기가 빠진 명작은 지극히 드물다고 해도 틀린 말은 아니다. 물론 내가 이 세상에 나와 있는 책들을 모두 다 읽은 것은 아니다. 다만 내가 읽은 지극히 미미한 분량의 소설들을 살펴보니 그렇더라는 이야기이다.

서양에도 우리가 잘 아는 사랑 이야기 「로미오와 줄리엣」이 있다.

공교롭게도 그 주인공들의 나이가 우리 춘향이와 비슷한 열 대여섯 살의 이팔청춘이다. 그런데 로미오와 줄리엣은 애절하고 귀여운 맛이 있는데 춘향이는 너무 능청스럽다는 생각이 드니 이게 어찌된 일인지 모르겠다. 아마도 여려서부터 서양식 교육에 젖어 있었고 서양식 노래에 익숙해 온 탓이 아닐까 싶다. 판소리로 듣는 춘향전의 가사를 살펴보면 참으로 그 어른스럽고 능청스러움이 가관이다. 지금 시대에서 보면 미성년자인 셈인데 그 나이에 무슨 사랑을 안다고 그렇게 구구절절한 사랑 타령이었을까.

춘향전은 실화가 아니고 누군가가 지어낸 고전 소설이다. 그러나 그 바탕이 되는 이야기가 남원지방에 지금도 떠돌고 있다. 『박색설화』에는 서너 개의 설이 있는데 그 중 하나를 소개하면 이렇다.

정노식의 저서 『조선 창극사』에 소개된 내용이다.

> 남원의 어떤 늙은 기생에게 딸이 하나 있었다. 그 딸은 얼굴이 매우 추했다. 그러나 어떤 영문인지 당시 남원 부사의 아들 몽룡과 매우 친근하게 지냈다. 어머니는 갖은 방법을 동원하여 두 사람이 동침하도록 주선하였다. 뒷날 한양으로 올라간 몽룡이 출세

를 하자 못생긴 기생 딸은 까맣게 잊어버렸다. 찾아주지 않은 도련님을 기다리다가 아가씨는 스스로 목숨을 끊었다. 그 뒤로 3년 동안 지독한 흉년이 들고 재앙이 겹쳐 사람들은 그녀의 원귀 때문이라고 단정을 했다. 그때에 어느 이방이 춘향전을 지어 그녀의 제단에 바치고 위로하자 가뭄이 그치고 모든 재앙도 사라졌다고 한다.

그 밖의 설화에도 하나같이 시집가는 것을 포기할 정도로 못생긴, 기생의 딸이 귀한 신분의 도련님과 사랑을 맺었다가 버림을 받았다는 내용이 들어 있다. 그렇다면 너무나도 그 자태가 아름답고 얼굴이 고왔다고 알려진 춘향이와 출세를 한 뒤에도 시골의 연인을 잊지 않고 남원으로 달려와 눈물의 상봉을 한 뒤 한양으로 데려갔다는 의리 있는 이몽룡은 못생겨서 한이 맺힌 아가씨의 원혼을 달래주려고 저자가 만들어 낸 가상의 인물들인 셈이다.

소설의 무대가 된 광한루에 비가 내리고 있었다. 미스 춘향을 뽑는다는 현수막이 군데군데 내 걸리고 무대를 만드는 작업이 한창이었다. 춘향제라는 사랑의 축제를 통하여 온 나라 안에 이름을 알리고 세계속으로 발돋움하고자 하는 남원.

유럽을 여행하면서 문학작품 속에 나오는 모든 배경이나 소품

들을 잘 보관 전시하고 그것을 관광 자원으로 활용하는 것을 보고 부러워한 적이 있었다. 그러나 그에 못지 않게 춘향전의 모든 것들을 축제 가운데 등장시키고 온 시가지가 연극 무대가 되어 있는 것을 보고 뿌듯한 자부심을 느꼈다.

나는 춘향이 보다는 이몽룡이 더 매력있다고 생각한다. 의리와 절개가 남달랐기에 그런 경우에도 한낮 기생 딸인 춘향을 잊지 않고 찾아 올 수 있었을 것이다. 칭송을 받고 길이길이 추앙을 받을 인물은 오히려 이몽룡일지도 모른다.

광한루 월매의 집을 돌아 나오면서, 직원인듯한 사람에게 지극히 바보스러운 어투로 한 가지 질문을 던졌다.

"선생님 로미오와 줄리엣이라고 부르는 서양의 사랑이야기도 있으니까, 춘향전을 이몽룡과 성춘향이라고 부르면 어떨까요?" 그 사람은 대답대신 빙긋이 웃으며 고개를 희미하게 끄덕였다.

사랑 사랑 내 사랑이야
어화둥둥 내 사랑
이리 보아도 내 사랑
저리 보아도 내 사랑이야
이리 오너라 업고 놀자
아장아장 걸어라 뒤태를 보자

스피커에서 흘러나오는 두 남녀의 사랑 타령에 그 남녀의 할아버지 할머니뻘은 될만한 한 무리의 관광객들이 어깨를 들썩이며 오작교를 건너가고 있었다.

전통과 멋의 축제

-전주 풍남제

전주는 1300년 된 고도이다. 옛날에는 4대문을 가진 성곽도시였다고 한다. 영조 43년(1763년) 남문과 서문이 불타고 민가 1,000여 호가 불타는 큰 화재가 발생했다. 이 때의 관찰사 홍낙인이 문루를 다시 복원했는데 남문은 풍남문 서문은 패서문이라고 이름 붙였다.

그 뜻은 왕조의 발상지를 풍패豊沛라고 하는 중국을 본따서 명명한 것이라 한다. 이는 전주가 조선조 왕의 본향이기 때문이다.

지금은 풍남문 만이 남아 전주의 상징이 되었다. 전주시는 1959년도에 단오날을 전주 시민의 날로 정하고 시민축제 행사를 해왔다. 그러다가 1967년 풍남문 중건 200주년을 맞아 시민의 날을 전후하여 치러지는 모든 행사를 풍남제라 부르고 다채로운 행사를 마련하여 왔다.

1980년대 중반의 전주는 내게 황량하기 그지없는 신천지였다. 경상도에서 전라도로 이사를 하여 낯선 환경에 당황스럽고 선뜻 이해하지 못하는 또 다른 문화가 골목골목에 흐르고 있어 정신을 차릴 수가 없었다. 그 무렵 해가 지고 일과가 끝나는 밤이나 주말이 오면 무작정 전주 시내를 쏘다녔다. 발길이 닿는 곳은 지금의 시청 뒤편 기린로 변?구 전주역이 있었던 자리라고 하는데 아무리 둘러보아도 철길의 흔적은 보이지 않았다. 역사는 우아동으로 새로 지어 이전하고 철길은 허물어 드넓은 기린로를 개설한 것이다. 아직 주변에 건물 하나 들어서지 않은 8차선 도로는 내 눈에 허허롭기 그지없이 광활하게 비쳐졌고 광장을 휘감아 도는 바람은 무척 쓸쓸했다. 그 쓸쓸함을 메꾸어 주기라도 하려는 듯 며칠 뒤에 시청 지붕위로 풍남제를 알리는 에드벌룬이 띄워지고 기린로에 난장이 들어섰다. 이쪽 끝에서 저쪽 끝까지 난장을 구경하는 것은 크나큰 위안이고 즐거움이었다. 한 무리의 사람들이 모이는 곳에는 어김없이 판소리 가락이 있었고 한 잔 술에 거나해진 노인의 흥겨운 춤사위가 있었다. 재래식 결혼식이 시연되고 베틀에 올라앉은 아주머니는 열심히 베를 짰다. 대장간에서 조선 낫이 벌겋게 달궈져 가고 민속 부채를 만드는 장인의 손은 날렵했다.

옛 사람들의 생활상을 한 눈에 볼 수 있는 전주난장, 과연 전통 있는 도시의 사람들이나 생각해 낼 수 있는 특색 있는 기획이었다. 그 해 풍남제로 인해 내 방황은 끝이 나고 마침내 나의 연연한 전주 사랑이 시작되었다.

2003년, 풍남제가 열리고 있는 5월의 오후.

팔달로가 무언지 모르게 들썩거렸다. 몹시 혼란스러운 가운데 사람들이 한 방향을 응시하고 있었다. 전북수필 모임이 있어 오거리 약속 장소로 가는 길이었다. 간신히 차를 돌려 뒷골목에서 내리는데 꽹가리 소리에 북소리 나팔 소리들이 한데 엉켜 흥겹게 들려 왔다. 신명난 잔치 마당이 어딘가에서 벌어지고 있음이 분명했다.

약속 시간은 다 되어 가지만 일단 북소리를 따라 가 볼 일. 바로 풍남제 길놀이 행사로서 가장행렬이 지나가고 있는 중이었다. 사람들 사이를 비집고 길놀이 행렬을 훔쳐보는데 누가 내 이름을 불렀다. 약속 장소로 가던 사람들이 역시 그곳에 모여 있었다. 때마침 임금님의 행차가 지나가고 있다. 아니 그런데 어디서 많이 보던 얼굴. 높은 어가에 앉은 사람은 시장님이 아닌가. 와! 시장님이네. 누군가가 반가운 음성으로 외쳤다.

가장 행렬의 임금님이 소리나는 쪽을 향해 손을 흔들며 몹시 쑥스러워 했다. 갖가지 형태의 사람들로 분장을 한 길놀이 행렬은 저마다 특색이 있어 재미를 더해 주었다. 대학제국이 출범하기 전의 우리 나라 풍습과 복장과 각 계층의 사람들의 모습을 재현한 어설픈 우리의 이웃, 그리고 아들 딸들이 낄낄거리며 부끄러워하며 눈앞을 지나갔다. 연도에 늘어선 짓궂은 친구들이 상궁 복장을 한 여학생의 이름을 불렀다.

"야 경은아! 야 김상궁! 웃어라 웃어."

그 아가씨 이름이 아마도 김경은인 모양이었다. 부끄러워하는 김상궁을 보고 낄낄거리는 연도의 시민들.

선두에 섰던 풍물패의 자지러진 꽹과리 소리는 저멀리로 잦아든지 오래고, 옛 서민복장을 한 35사단의 앳된 군인들의 행렬을 마지막으로 길놀이가 끝나가고 있었다. 마지막 악단이 나팔을 불며 눈앞으로 지나갔다. 더 이상 행렬이 오지 않는데도 사람들은 자리를 뜰 줄 모르고 또 무엇인가가 나타나기를 목을 빼고 기다렸다.

사람들은 날마다 그게 그 날이던 건조한 일상을 화려하게 수놓아 줄 또 다른 자신의 무대를 꿈꾸고 있는지도 모를 일이다.

길 위의 편지

인쇄 2005년 10월 25일
발행 2005년 10월 30일

지은이_김 은 숙
펴낸이_한 봉 숙
펴낸곳_푸른사상

등록 제2-2876호
주소_서울시 중구 을지로3가 296-10 장양B/D 701호
대표전화_02) 2268-8706-7 / 팩시밀리_02) 2268-8708
메일_prun21c@yahoo.co.kr / prun21c@hanmail.net
홈페이지_www.prun21c.com
ISBN 89-5640-402-X

정가 10,000원